中公文庫

不作法のすすめ

吉行淳之介

中央公論新社

不作法のすすめ　目次

不作法のすすめ

「不作法談義」あるいは「紳士読本」

ロクロ首たるべし

「紳士とは何ぞや」

というところから、まず話をはじめる必要がある。なぜなら、「不作法」ということと「紳士」ということは微妙にからまり合っているとおもうからだ。

「こういうことをしては、紳士の体面に反する」

という発想法は、私には無縁である。これは、私ばかりでなく、大部分の日本人においても同様であろうとおもう。それはムリもないことで、わが国においては、「紳士」という言葉に伝統がない。イギリスのことはよく知らないが、なんでもその国では「紳士」という言葉に伝統と重みがあって、立居振舞の規範となっている模様である。

しかし、そういうイギリス流の紳士としての条件をわが国に輸入してみたところで、意味のないことだ。

立居振舞において、「紳士」という言葉が私の脳裏に浮ぶことはないが、その替りに浮ぶものはある。それは、「人間」とか「男子」とかいう言葉である。つまり、「こういうことをしては、人間として面目ない」とか、「男子として面目ない」とかいう発想である。

そして、この「面目ない」ことを犯した場合は、長くそのことが傷となって私の心に残る。長い時日が経って、全く心の表面から消え失せたようになっていても、なにかのキッカケでなまなましく記憶がよみがえり、傷が痛むことがしばしば起る。そんなときには、

「あ、あああ」

と、私の喉の奥でわれ知らず、声に似た音が鳴るのである。

この経験のある人は、沢山いることだろう。傷が痛みはじめるときの反応は、各人各様で、たとえば作家の牧野信一《まきのしんいち》は、その状況を、

「キャッと叫んでロクロ首になる」

と、表現し、たしかに広津和郎《ひろつかずお》氏だったとおもうが、

「バカバカバカ、と小声で自分を罵る《ののし》」

ということになる。

さて、ここで重要なのは、思い出して「キャッと叫んでロクロ首になる」事柄の内容は、決して大きな問題ではない、ということだ。ごく些細《ささい》な、立居振舞のはしばしについての記憶が、そういう状況を引起すことだ。鈍感な人間なら、感じないでやり過してしまう事柄なのである。「紳士」という言葉は、わが国ではきわめてあいまいな言葉である。「青年紳士」といわれて、無条件に喜ぶ男はいないだろうとおもわれるように、その言葉にはい

つも反語的なあるいは揶揄《やゆ》するニュアンスが影を落しているようだ。

わが国のコール・ガールたちの間で、「理解ある紳士」といえば、ホンヤクすれば「鼻の下の長い中年男」ということになり、彼女たちの絶好のカモを指して呼ぶ言葉になる、という話を、先日聞いた。

そういう具合であるから、私は思い切ってまず「紳士」という言葉の内容を勝手に定めておこうとおもう。そして、以後、「紳士」なる言葉を、「人間らしい人間」として使うことにする。

そして、紳士としての最低で最大の条件を書くと、それは、

「キャッと叫んでロクロ首になることのない人間は、紳士ではない」

ということである。

この条件を、もう少し拡げて考えると、他人の些細な立居振舞から、「人間らしくない人間」を感じ取った場合、そのことから、目を背《そむ》けたいほどのショックを受け、長く記憶の底にとどまることである。またその逆に、他人の立居振舞から、「人間らしい人間」を感じた場合にも、長く記憶の底にとどまることになる。

ところで、私は「紳士」であり「人間らしい人間」であるという自信をもっているわけではない。したがって、「紳士とはかくあるべし」という物の言い方はできない。しかし、「キャッと叫んでロクロ首」になることにおいては、人後におちないつもりである。

であるから、どのような些細なことが鋭く私の心に喰いこんでいるか、ということを調べ、それを批判することによって、紳士への道を考えたい、とおもう。

たとえば、こういう話は私の記憶に深く跡を残す。

敗戦間もなく、まだ食糧難の時代のことである。A君は、ジャムパンの一個入った紙袋をもって、遊廓へ行った。初対面の女の部屋に上り、そのジャムパンを女に与えた。

このときのA君の気持には、女の歓心を買うという露骨な気持はないにしても、そのことによって女が喜び、サービスが良くなるだろう、という期待は潜んでいた。

女は枕もとに、そのパンの袋を置いて、横になった。A君が行為に入ってまもなく、女は枕もとに手をのばし、紙袋からジャムパンを引出して、囓《かじ》りはじめた。

仰向けになったまま、ゆっくりとそのパンを喰べはじめたのである。A君はショックを受け、興奮が醒めて、なかなか絶頂に達しない。すると、女はパンを咀嚼《そしゃく》しながら、こう言った、という。

「はやくしてよう、ゴムでできてるんじゃないのだからね」

この話は、人間が人間にものを与えることの難しさを語っている。A君の「ものを与えて喜ばす」という心持が大きければ大きかったほど、A君の受けたショックも大きかった筈である。

A君と私とは別人であるが、この話は私の心に残り、ときどき思い浮べては、

「他人に親切にしようとおもうときは、それが二倍の大きさになって手痛くハネ返ってくる覚悟が必要だ」

とおもう。

だから、他人に親切にするのはやめよう、というわけではなく、それだけの覚悟をした上で、親切をすべし、ということである。

遊廓の話の出たついでに、私自身の体験による話を書く。

白昼、娼家に行くのは、よいものだ。妓《おんな》とすこし仲良くなってからは、妓もその方をよろこぶ。

ある昼間、私が妓の部屋に上り、彼女と仲良くしていると、部屋のドアがノックされた。妓は寝巻を羽織り、ドアの外へ出て、なにやら話し合っている。やがて、その足音は遠ざかり、妓は部屋に戻ってきた。

「どうしたんだ」

「いま、お馴染《なじ》みのお客が来たの。もう、おじいさんの客よ」

「それで、帰ったのか」

「いま、お客がいる、と言ったらばね」

と、彼女はやさしい良い笑顔で、言葉をつづけた。

「このまッ昼間にか。世の中には、スケベエなやつもいるもんだなあ、その男によろしく言ってくれ、と言って帰っていったわ」

私も、顔も名前も知らないその男に、人間らしい人間を感じ、懐《なつか》しい気持になった。いまでも、ときどき、そのことを思い出す。そして、その言葉を告げている妓のやさしい笑顔を懐しく思い出す。そのときの妓は、たしかに、娼婦という砦の中に閉じこもっている女ではなく、人間として私の前にいたのだ、とおもう。

テーブルマナー真髄

食事作法について書く。といって、スープの飲み方とか、ナイフとフォークの扱い方などについては、私はあまり弁《わきま》えがない。

そんなことよりも、まず考えてみなくてはならぬのは、ものを喰うという行為には、常に剝《む》き出しの感じ、なまなましい感じがつきまとう、ということである。

口を開くと、赤い粘膜がある。その中に、獣の肉などを押し込み、顎《あご》の骨をがくがくと動かして、やがて喉の方へ食物を移動させる。喉の肉がぴくりと上下して、唾液と混ってぐちゃぐちゃになったものが胃の中に落ち込む。待ち構えた胃は、黄色い液をそそぎこみながら、その全体をもくもく動かしはじめる。そして、やがてそのドロリとしたものが、胃から腸に送りこまれるわけだが、何メートルもの長さの腸管の末端の方には、すでに滋養分を吸い上げられた食物のカス、つまり糞便がぎっしり詰まっている。

つまり、食事をするときのなまなましい剝き出しの感じは、どこか性行為に似ているところがある。

この感じをどう処理するか、ということが、食事作法の根本問題ではないか。いかに典雅なテーブルマナーを身につけても、右に述べた感じは消えるわけのものではない。場合によっては、その典雅さが、根本にあるグロテスクさを際立たせないものではない。

少年の頃、レストランで向い合って食事をしている男女をみると、私はこう思ったものだ。

「あの二人は、きっと肉体関係があるにちがいない」

恥部を見せ合い、恥部で馴染み合った同士でなければ、あのような剝き出しのなまなましい行為を、向い合って行うことができる筈のものではない、とおもったわけだ。

現在では、人生の垢《あか》にまみれてきて、厚顔《こうがん》になってきているので、それほど厳密な考えをもってはいない。女性を待たせて立小便をしている男をみたとき、

「あの二人は、きっと肉体関係があるにちがいない」

とおもう程度である。

だが、食事という行為にたいして、私の大本《おおもと》に在る考え方は、やはり右に述べたとおりのものであることに、変りはない。

したがって、異性と食事をするための心得としては、まずその異性と肉体関係を持つべし、ということをおすすめしたい。

ライオンが、前肢のあいだに獲物をはさみ込み、強い顎で生肉を引裂き、白い頑丈な歯を剝き出し、鼻息をふーふー鳴らしながら、肉をむさぼり喰う。

それに似た食べ方を、人間がするとする。たとえば映画の一場面で、そういう食べ方が出てくることがある。無人島に漂着した若い男が、やがて救出され食物を与えられる。そのとき、彼はそのライオン式の喰べ方をしてみせる。すると、観客席からは、好意のこもった笑い声が聞えてくる筈だ。そこには、爽快な感じがある。人間と食物との関係の、本来の姿がそこにあるからだ。

昔、死んだオヤジが、ときどきシナ料理屋に連れて行ってくれた。客はシナ人ばかりの、小さな料理屋である。そこでは、山盛りに積み上げた白いマントーを手摑《づか》みにして、料理を食う。床には、乾したスイカやカボチャの種の皮や、獣の骨などが散乱している。

「骨はな、床の上に吐き出せばいい。それがシナ料理のエチケットだ」

と、オヤジが言った。それが本当のシナ料理のエチケットかどうかは、疑わしい。しかし、その店でのエチケットであったことはたしかで、そのことはものを食うという気詰りから、私を解放してくれた。ある意味では、きわめて紳士的な料理店といってしかるべきであろう。

といって、もしも私の連れが、何某ホテルのディナールームで、このシナ料理店式をやらかしたとなると、私は閉口する。もともと、ネクタイで首のまわりを締め付け、背筋を正しくし、食器の音を立てないようにして、ものを食うなどということは人間性にもとることなのだから、どうせそれをやらなくてはならぬ羽目に陥ったなら、極度に偽善的にやる必要がある。なにごとも、「極度」になれば、そこに一種の味わいが出てくるもので、外国紳士などには芸術的ともみえるものの食い方をしている人物を見かけることがある。

つまり、ものを食うことのなまなましい剥き出しの感じを処理する方法として、このシナ料理店式か極度偽善式かの二つがあるといえる。しかし、極度偽善式は、西洋料理においては、紳士としての伝統のないわが国では、なかなかむずかしい。「このナイフは、魚のナイフだったかな」などと考え悩むくらいなら、ソバ屋で親子丼を食べた方がよい。胃液の分泌も、その方が潤滑にゆく。

少年の頃、食堂車でコーヒーを飲もうとしていた。テーブルの向い側に、アヴェックが座っていた。女の方が、コーヒーをかきまわしたスプーンを、カップの手前に横たえた。私は、かきまわしたスプーンをカップの向う側に横たえた。しばらく窓の外の景色を眺めていて、元の方を向き直り、ふと気付くと、その女性のスプーンがカップの向う側に移動してあった。

現在でも、私はどちらが正式のスプーンの置き方か知らない。また、正式の置き方というものがあるかどうかも知らないが、このとき一種のショックを受けた。いま、そのショックの内容を分析してみると、そのアヴェックから、生ぐささを感じたのだろうとおもう。つまり、その二人はまだお互に「良いところをみせよう」という間柄で、深い関係はなかったのだろう。そのまだ深い関係がないという点に、生ぐささを感じたのだろう。

そしてまた、彼女の振舞いに、いたいたしさを感じた。もしもスプーンの置き方に正式のものがあるとしたら、それを定めたのは、いったいどこの傲慢な人間であるのだろう。そういう人間こそ、紳士の名に値しない。にもかかわらず、彼女はスプーンの位置に脅え戸惑い悩んでいる。

話はそれるが、箸とエンピツの持ち方を定めたのは、どこのどいつだろう。小学校の昼飯のとき、先生が私たち生徒に箸を持たせ、いちいち検査して歩いた。私は自己流の持ち方しかできなかったが、形だけ似せて誤魔化した。そして、その度に腹立しい気持になった。現在でも、私の箸の持ち方とペンの持ち方は、自己流のままである。

また、こういうことがある。気取ったサロンで、メロンが出される。気取った人々は、上の果肉を少しスプーンですくって食べるだけにしている。こういうとき、腹を立てて、スプーンを縦にしてガリガリ果肉を削り取り、皮のすぐ傍まで食べてしまう男がいる。その男の気持はよく分るが、それはやはり紳士とはいえまい。食べて旨いとおもえる部分まで、食べてスプーンを置くくらいまで「修養」を積んでいただきたい。

とにかく、ものを食うという行為には、悩ましさがつきまとう。

俚諺《りげん》。

「ひとり食いのうまさ」

小生曰く。

「食事は、密室で、肉体関係のある男女で摂《と》るのを良しとする」

孔子曰く。

「心ノ欲スルトコロニシタガッテ矩《ノリ》ヲコエズ」

紳士契約について

「紳士契約」という言葉がある。お互に信用し合って、証文などを取りかわさずに契約を結ぶことを言うわけで、一見奥ゆかしいやり方のようにおもえる。ところが、現実には「紳士契約」の「紳士」には、「世間知らずの」「間の抜けた」というたニュアンスが含まれてしまうことがしばしばである。

現に私は、紳士契約をしたばっかりに、苦い汁を飲まされているところである。その内容を書くのは差し控えるが、紳士契約をした相手が死んでしまったために、厄介なことが起った。当の相手は紳士であっても、その周囲の人は紳士であるとは限らない。

その問題を相談に行った弁護士が私に訓戒を与えた。

「これからは、紳士契約などはなさらぬことですな。それはばかりでなく、金は貸さぬこと、証文には印を捺《お》さぬこと。相手が親しければ親しいほど、そのことをしないのが、すなわち紳士としてのタシナミです。なぜならば、そういうことをすれば、親しさが破れることがしばしばですからね」

その言葉は、たしかにその通りであろう。しかし、いつも、絶対、その言葉どおりに振舞ったとしたら、躓《つまず》くことはないにしても、人生が味もソッケもなくなってしまいそうな気がする。

ただし、この訓戒にそむいて行動する場合は、自分が「世間知らずの」「間の抜けた」役割を引き受けるかもしれぬことを、あらかじめ、覚悟することが必要である。けっして躓くことがない人間よりも、時に間抜けな役割を引受けた方が、人間味があり、すなわち「紳士」に近付くというものだ。

しかし、間抜けな役割を引受けることを覚悟していても、じつに厭な後味の残る場合がある。自分が間抜けになるのはよいとしても、相手の神経の在り具合が我慢できぬことがあるからだ。

その例を一つ挙げてみよう。

ある日、エンピツ書きの、長い長い手紙がきた。女名前の差出人には心当りがなかったが、中身を読んでいるうちに思い出した。数年前、原稿持参で訪れてきた女性である。文学少女のくさ味も無かったが、外見内容ともに平凡な女性であった。もちろん、原稿には見るべきところは無かった。

ところで、その長い手紙の内容であるが、結婚した後の窮状がこまごまと書いてある。現在は、田舎の山の中のお寺に夫と一しょに厄介になっている。死のうとおもってここまで来たが死にきれず、もう一度、都会へ戻って再起を計りたい。ついては、そのための二人分の旅費を貸していただきたい、というのである。

私はその金を送る気になった。というのは、以前会ったときの彼女からケナゲな感じを受けたことを思い出したし、生死の問題ということになれば（たとえそれは手紙の上のことだけだとしても）、捨てては置けぬとおもったからだ。

私は宛名のところに、旅費よりは多い金を送った。貸すつもりではなく、もちろん施《ほどこ》すつもりではなく、「捨てる」という気持が近いだろう。捨てたつもりで、もしもそれが役立てば、といったところである。

そこまでは無難だったが、一つの失策を私はした。丁度、郵便遅配の折だったので、彼女たちが、「いまかいまか」と待った気持をなだめる意味で、電報を打った。

「カネオクツタ」

というだけの文面で、激励の言葉は一切、付け加えなかった。

「郵便は遅れているが、金は送ってあるから、そのうちに着く」という意味の電報のつもりだった。

おそらく、この電報を打ったということが、いけなかったのだろう。彼女たちに私が大々的の好意と、それに彼女たちの立場にたいしてパセティックな気持をもったとでも誤解したようだ。ほとんど折り返しに、電報が届いた。

「マダツカヌ　ユキフカシ　ゴジヨリヨクヲコウ」

という文面で、私はカッと腹が立った。あらかじめの覚悟も、一瞬の間に飛んでしまって、カッと腹が立った。

遅れることがあっても黙って待て、というための電報にたいして、「マダツカヌ」とは何事であるか。それに、「ユキフカシ」とは何事であるか。

彼女たちが、死にに行ったというのは嘘で、単に死のムードとたわむれに行っただけのことだ、とおもった。彼女たちのムード旅行に、私は一役買わされたわけだ、とおもった。私が、そのまま放っておいたことは言うまでもない。その女性からは、金の着いたという報らせさえ来なかったが、やがてまた長い手紙が来た。夫が病気であるから医師を紹介せよ、とあった。

念のために付記しておくが、その女性と私とは、個人的な関係は皆無なのである。

しかし、落着いてよく考えてみると、私が腹を立てたのは、「紳士」としての覚悟において不十分のところがあるためだと反省した。私は、やはり無意識のうちに、彼女たちの感謝を期待していたようだ。それが、いけない。

「他人に親切にしようとおもうときは、それが二倍の大きさになって手痛くハネ返ってくる覚悟が必要」

なのである。

その覚悟において欠けるところがあったらしい。


こうなると「紳士」たることは、なかなか辛いことだ。

「金は貸すべからず、証文には印を捺すべからず」

断乎としてその態度を取った方が、後の憂いがない。どうも、その方がよさそうだ、などとおもっているところに、友人のZ君がやって来た。

金を借りて家を建てるから、保証人になってくれ。この証文に印を捺してくれ、というのである。

はて、どうしたものか。

Z君は、「紳士」である。となれば、やはりZ君が紳士であることを信頼するより仕方があるまい。

「そうか。じつは、ぼくの祖母さんが、底抜けのおひとよしでね」

と、私はZ君に話しはじめた。

「そのため、親戚にダマされて、手形の裏にハンコを捺してねえ。そのために、息子たちに大借金がかぶさってきてねえ。そのために、そのばあさんが死んでから十何年も、息子たちがその借金を払いつづけてねえ。まったく、こういうものにハンコを捺すというのは、厭なことなんだがねえ」

と、私は苦情たらたらで、Z君の持ってきた証文を手もとに引きよせ、威勢よくポンと実印を捺したのである。

「紳士」たることも、また辛い哉。

そういう覚悟と屈折の末の契約にもかかわらず、昨日も、前記の「紳士契約」の末のもめごとの折衝のとき、相手方の代弁人がこう言うのである。

「あなたも、まだまだ苦労が足りませんな。だいたい、紳士契約なんどというものは、世間知らずのやることですよ」

ポーズをつくる

どんな人間でもかならずポーズをつくる、という意味のことを言ったのは、たしかボードレールだった。その言葉は、真実にちかいようだ。

「あの男にはポーズがない、気取りがない」

という場合にも、仔細《しさい》に検討すれば、それは「気取りのないようにみせるという気取り方」「八方破れのポーズ」と言う方が正確であることが殆どである。そして、それは正常な神経を持った人間としては当然のことで、むしろポーズのつくり方を研究することが、紳士への道に通じると言ってもよい。もっとも、どんな規則にも例外はあるもので、山下《やました》清《きよし》画伯にはポーズはないように、私はおもうのであるが。

たしかに、気取り方の研究というものは、紳士には必要なことだ。因《ちな》みに、この文章の冒頭をもう一度、読み返していただきたい。ここで、ボードレール、という人名を出したのは、上策ではない。クチバシの黄色い学生たちが、たまたま美人と電車で乗り合わせるとすると、彼女に聞えよがしに声高にはじめる彼ら同士の会話には、やたらに横文字が出てくるものだ。

それでは、ボードレールという人名を出さないとすると、どうすればよいか。自分の意見のようにして書いてしまうのも一案だが、それでは紳士としての嗜《たしな》みに欠ける。「西欧の頽唐《たいとう》詩人」とするとますますキザになる。ま、「ある外国の詩人」とでもするのが無難であろう。

酒場に行って飲んでいると、各人各様の気取り方がみられて、面白い。

ゴルフのバッグを肩にして、ゆったりした足取りで入ってくる。カウンターに品よく座

り、

「スカッチ・ウオーター」

と本場風の発音で、註文する。

上品なばかりが能ではないことも心得ていて、緩急自在、その店第一の美人を捉まえて、

「おい、おけい」

とか乱暴に呼び捨ててみる。

なかなか凝《こ》った気取り方だが、やはり手の内が見え透いていて、ふっと笑いたくなってくる。とくに、その美人のおけい嬢について当方が隈《くま》なく知っているような場合は、コッケイなような痛ましいような心持になってくる。

かとおもうと、矢鱈《やたら》にワイセツな単語を、大きな声で連呼しているのもいる。これは、自分の下品なことを宣伝しているのとは、もちろん違う。

「自分は品よく取澄ましているような、下品な人間ではない。取澄ましたフンイキはぶち破るにかぎる。どうだ、おれを見よ、なかなかイカスであろう」

という持ってまわった気取り方である。しかし、この気取り方も、底がみえて、稚《おさな》くて、苦笑を誘う。

「その気持は分るが、ま、おしずかに」

と、肩を叩いてやりたい心持である。

と書いてくると、まるで私がはるか高みから、愚なる群衆を見下ろしているようであるが、なになに、それらはみな一度は私自身がかつて試みたポーズに近いのである。まったく、酒場においてのわれとわが身の気取り方を思い起してみると、おもわず「キャッと叫んでロクロ首」になることが多い。

そこで、私自身の酒場におけるポーズの変遷を書き記し、おおかたの御参考に供しようとおもう。

旧制高校の頃から、酒場に足を踏み入れはじめたので、もう二十年になる。厳密にいえば、八歳のとき叔父に連れられて安カフエーに入ったことがある。様子が分らぬながら、官能的なフンイキは十分身にこたえて、香水のにおいがプンプンとしている女給に、「ぼっちゃん、バナナ喰べない」と言われ、異様な身ぶるいを覚えた記憶がある。

さて、通いはじめは、その八歳の頃の状況とは大差はない。薄暗い部屋の中に、髪の毛の長い、よい匂いのする女性がたくさんいるだけで、満足し、緊張した。酒場に歩み込んでゆく足取りが、緊張しぎこちなくなっているのに気付いて、困惑を感じる。さりげない足取りをつくろうとおもえばおもうほど、いけない。まったく、こだわらぬ足取りになるまでには、長い年月がかかった。

「小股が切れ上る」というのは、言うまでもなく、すらりとしてイキで同時にキビキビした女性の風情を指していう言葉だが、その語源に次の説がある。すなわち、花柳界の女性が、最初は女性らしく品よく色っぽく歩こうとして、意識して内股でなよなよと歩く。そういう間は、まだ本ものではなくて、足の運びにこだわらず、すっすっと足が出るようになり、しかも色気と品を兼ね備えた歩き方ができるようになったとき、「小股が切れ上った」と称する、という説である。

酒場に踏み込むときの足取りが定まるのは、いわば男性として「小股が切れ上った」といえるだろう。そうなったら、ようやく酒場通いも一人前である。

通いはじめのころは、戦争末期の物資欠乏時代で、いろいろ勉強させてもらった。たとえば、何気なく奥を覗《のぞ》いてみたところ、ふだんは品よく愛想のよい若い女将が、一升瓶の酒に水を入れて振りまわしている姿が眼に映ってしまったりした。その髪ふりみだし眼を据えて一升瓶を振りまわしている様子から、私はあらためて、「生きてゆくことのきびしさ」とか「女のおそろしさ」を感じ取ったのである。

酒場にゆき、女の子の傍に座っているだけでうれしい時期が過ぎると、シュトラム・ウント・ドラング、疾風怒濤の時代がくる。

思い出しても、「キャッとロクロ首」になることの甚だ多い時期である。つまり、酒場の品のよいフンイキに、無性に腹が立ってくる時期である。

ワイセツな単語を連呼することもやったし、いろいろのことをやった。恥多き時代である。しかし、それなりに、いろいろ凝ったアイデアを考えて、あまり無趣味に陥らなかったのが、まだしもの慰めである。

その一、二を、告白しておく。

友人と二人で、女の子をまん中に挟んで座り、両方から猿臂《えんぴ》を伸ばして彼女の軀を動けなくする。そして、女の子の片方のハイヒールを脱がせる。オードヴルを平げたカラの白い皿の上に、そのハイヒールをさかさまにして載せる。オブジェのつもりである。そして、一層しっかりと彼女の軀を椅子の上に固定させ、両方から靴を脱いだ足の裏を、

「こちょ、こちょ」

と合唱しながら、くすぐるのである。このやり方は、案外、女の子には喜ばれたが、店の客にヒンシュクを買ったことは言うまでもない。

あるいは、「美女と野獣ごっこ」というのもやった。これは簡単で、

「ウオーッ、ウオーッ」

と叫びながら、美女をじりじりと壁ぎわに追い詰めてゆくのである。これも、悪評紛々《ふんぷん》で、二階でこれをやっているとき、

「ホコリが落ちて困る」

と、一階の客から苦情がきた。

恥をかきながら酒場がよいをしているうちに、しだいに酒場の裏面というものが分ってくる。ウイスキー一本から、ハイボールが二十四杯ほど取れる、などという単純なことから、もっと微妙な点まで分ってくる。

分りはじめの頃は危険な時期で、分っていることを下手に仄《ほの》めかしたりすると、ヒンシユクされること確実である。そこを適当に抑制するのが、紳士のたしなみである。

ただ、分りはじめの頃は、分るというところに面白味があるので、酒場がよいに熱心になるが、分ってしまうと今度は退屈してくる。傍に女性が座ってくれることにも感激が乏しくなり、そのあげくには、

「サービスしているのは、こっちじゃないか。金かえせ」

と、腹が立ってくる。

この時期には、キャバレーの女の子と夕方トリス・バーであいびきして、一緒に酒を飲むということをしばしば試みた。つまり、酒代だけで、サービス料不要の情況である。トリス・バーを出て、ソバ屋で女の子にナベヤキウドンなどご馳走してもらって、悦に入る。嫌味といえばいえるが、丁度私は作家としての習作時代に当っていて金もあまり持ち合せていなかったから、ま、許されてもよい。

ソバ屋を出て、彼女をキャバレーに送ってゆく。送ってゆけば、そのまま客となってそ

の店に入ってしまうことが多いので、結局高価につくのだが、サービス料なしでトリス・バーで酒を飲む、というところが嬉しいのである。

この時期を過ぎると、また酒場に足が向きはじめる。友人と落合って、

「どうしよう、バーへでも行くか」

「バーといったって、どこか面白いところがあるかな」

「バー縞馬へでも行くか」

「縞馬か、入ってから出るときまでの感じが、いまここで分ってしまうなあ。しかし、ま、行ってみるか」

「ともかく行こう」

「行きましょう、しかし、バーなんて、どこが面白いのかね。ばかばかしいなあ」

などと言いながら、行きつけの酒場へ入ってゆく。なんとなく、雰囲気が懐しくて、入ってゆくわけだ。

このように、きわめて消極的な心持で行くのだから、カウンターに座ってもぼんやり座って酒を飲み、傍の女の子にも興味は起らない。

しかし、そのまま放っておくのも紳士として失礼のような気分なので、めんどくさそうに彼女のお尻をつるりと掌で撫でてみる。その女性にたいしてのサービスのつもりで撫で

るのだが、こういう退屈した殆ど無関心の手つきで撫でるのが、相手にとって最もスマートな感触を与えるのである。

「腿膝《モモヒザ》三年、尻八年」

という金言を私が作ってみたが、酒場の女の子の腿や膝を嫌味でなく撫でられるようになるまでには、酒場がよいを三年する必要がある。お尻となると、八年かかる、という意味である。そして、それは単に、撫で方の熟練によるばかりではない、心と体との微妙な関係によるものであることは、右に述べたとおりだ。

皮肉なもので、こういう退屈無関心の時期が、一番バーの女性にモテるのである。なんとなく立居振舞がおうようで、女性に対してガツガツしておらず、きわめて紳士的男性的人間的フンイキが、身のまわりから漂い出すためらしい。

しかし、そうと悟って、意識的になってしまうと、もうダメである。まったく、人生というものは、むつかしい。

自慢ばなしを一つさせてもらうと、そういう時期に、はじめての酒場へ行った。一階が満員で二階へ行くことになり、そのついでに手近かなところの女性のお尻をすうっと撫でて、階段を上った。間もなく、一人の女性が上ってきて、

「さっき、あたしのお尻を撫でたのは、どの方」

と言う。怒っているわけではない。撫で方が技、神に入っていたので、わざわざどうい

う人物か確かめにきた、と言う。

酒場については免許皆伝のように、さんざん自慢したところ、ヒドイ目に遭った。やはり、紳士はあまり自慢するものではない。

ある夜、不意に酒が飲みたくなったので、一人で某クラブへ行った。入口まで行って、

「これはいかん」とおもった。

ユカタ祭、とかいうやつをそのクラブが催している期間中なのだ。ときどき、キャバレーの客で、「パリー祭とわが日本とどういう関係があるんだ、愚劣である」と文明時評をしている人物がいるが、あれはヤボというものだ。キャバレーとしては、関係ないのは分っているが、なにかにかこつけてナントカ祭をやり、金をしぼり取ろうとしているわけなので、文句を言うくらいなら行かなければよい。

ナントカ祭の期間中は、ざわざわしていて閉口なので、私は帰ろうかとおもったが、つい入ってしまった。これがいけない。紳士としては断乎として引返すべきだった。

いつもは落着いているそのクラブが、はたしてざわざわしている。テーブルにきた女の子が、

「ね、シャンパンを取って」

といった。

断っておくが、この女性は私が指名したのだが、私的関係は全く無い。

「シャンパンは厭だな。大げさでいけない。ユカタ祭には、ほかの形でつき合おう」

と私が言ったが、彼女は勝手にボーイを呼んで、註文してしまった。ここでもう一度反省すれば、私の態度に断乎としたところが無かったのがいけなかった。

間もなく、ボーイがピカピカ光る小バケツにシャンパン瓶を入れて捧げ持ってきた。ポーンと音がして、栓が抜かれる。この音で何千エンか取られるのだが、金のことは我慢できる。

一人でテーブルに座って、女の子と対い合ってシャンパンを抜いているのでは、どうみても田舎から出てきた成金である。

「おや、あいつ、あの子とデキていたのか」

といった視線も集まってくるような気がしてきた。

痛い腹を探られるのは我慢できるが、痛くない腹を探られるのは閉口である。

他の女性は、気を利かせたつもりなのか、一人も来てくれない。シャンパンの大きな瓶をかかえて、差し向いでチビリチビリではたまらぬ、と浮足立った。

ところが、こういうときには念には念が入るもので、私が帰る気配になると、その女性がこう言った。

「もったいないわ、シャンパンが残りそうね。あたしがこのままお家へ持って帰るわ」

「冗談じゃない、このままにしておきたまえ」

私は強い語調で言ったのだが、彼女は聞き入れない。

「ボーイさん」

と叫び、

「さっき抜いたコルクの栓を持ってきて。蓋をして持って帰るの」

と言い付けた。

私は、気をしずめて、ゆっくり立上って戸外へ出ると、倉皇《そうこう》として夜の闇のなかに溶け込んだ。

一種のダンディズム

最近ある友人から、一人の若い女性についての美談を聞いた。その話に、私は心を動かされたので、まずそれを左に書く。

ある繁華街の、あるキャバレーの女性が、話の主人公である。キャバレーといっても、高級なものではない。特徴といえば、女の子全員が袖のうんと長い、つまり振袖の衣裳を着ている点だが、お仕着せの安衣裳で、長い袖もピラピラしているという按配である。

その店の女性に、人柄の良さそうな娘がいて、なんとなく身上話を聞かされる羽目になった。その身上話はまず初恋のことからはじまったので、初恋の身上話なんぞバカバカしくて聞いてはおれまいと、耳殻《じかく》を半分閉じて聞いていると、話の中にキラリと光る部分が現れた。

その女性は四国の産で、連絡船に乗って高校に通っていたが、ある波の荒い日、彼女の鞄《かばん》からソロバンがばたりと甲板の上に落ちた、という。丁度、波に押し上げられて船が大きく傾斜して、ソロバンが斜になった甲板をゴロゴロと転がった。そのソロバンを拾ってくれた男子高校生がいて、それがそもそもの馴れそめという。

人間のエピソードというのはフシギなもので、それぞれその個性に似合った小事件がその身に振りかかってくるものだ。このソロバンの話一つを聞いても、彼女の個性、さらにはその後の人生がおぼろげながら分るような気がしてくる。

その初恋は実を結ばず、失意の彼女は東京に出てきた。そして、看護婦になったが、弟を一人前にする手だすけをしたいとおもい、そうなると看護婦の給料では足りない。そこで、振袖のキャバレーに勤めることになった……。ここらあたりはいかにも月並だが、彼女の口から聞くと、月並の良さというのが感じられた、とその友人は言う。月並の良さ、ということはもちろんよく分ることだが、あるいは、その友人は、彼女に惚れかけていたのかもしれない。

「それで、その弟さんはどうした？」

「もう大分前に、中学を卒業させました。今度、月給が一万エン上りました」

「冗談じゃないよ。そんな若い年で、いきなり一万エン昇給する勤め人なんか、あるもんじゃない」

「いえ、サラリーマンじゃありませんの。大工の徒弟をしています。これまでは、二千円給料を貰っていたのが、今度一万二千円になりました」

彼は深くうなずいて、打ちとけて彼女と世間話をはじめた。彼女の郷里では、伊予柑《いよかん》が名物だという話になった。

「伊予柑は旨いね、ぼくは好きだ」

「あら、それなら、丁度家から送ってきたのがありますから、今度いらっしゃるとき差し上げますわ」

酒席のその場限りの会話のつもりだったので、彼はそのことはすっかり忘れていた。十日ほどして、その店に行くと、彼女はいかにも安心したという笑顔をみせて、

「なかなかおいでにならないので、伊予柑が痛みはしまいかと、心配していましたわ。いますぐ、持ってきますからね」

彼女は立上り、フロアを横切って、更衣室の方へ消えた。ふたたび姿を現した彼女をみ

て、彼はおもわず心の中でアッと叫んだ。

彼女の片手に大きな緑色の風呂敷包が提《さ》げられている。緑色に白い渦巻模様のある、最もありふれた木綿の風呂敷である。富山の薬売りが、薬箱をつつんで背負う、あの大きな風呂敷である。その風呂敷を片手に提げ、その重味でいくぶんよろめきながら、ダンスをしている男女が犇《ひし》めき合っているフロアを、歩いてくる。伊予柑は二十も入っているのだろうか、もう一方の手で犇めいている人間たちの軀をかきわけて歩いてくる。長い袖がぶらぶら揺れ、緑色の包みが、ごろりごろりとフロアの男女の軀にぶつかる度に、

「ごめんなさい、ごめんなさい」

と謝まりながら歩いてくるのである。

ようやく彼の席に辿りついた彼女の鼻の頭に、ふつふつと小さな汗の粒が並んでいるのをみたとき、彼は、

「良い子だな、ホレた！」

とおもった。

しかし、それと同時に、彼女をくどこうとおもっていた気持も、ためらいがちに細かく揺れながら何処かへ消え去っていった、という。

話はこれだけで、彼が独身ではなかったということを付け加えれば、他に書くことはない。

そして、この話の微妙なニュアンスが分らぬ人は、つまり紳士ではない、ということだ。

この話に似ているが違う話を一つ紹介しよう。

もう一人の友人の話である。赤線地帯の在ったころのことで、彼はその中の一人の娼婦と馴染んだ。

彼女は朝になると、彼をデパートに誘う。一緒にデパートに入ると、台所用品の売場に行き、そこの一番廉《やす》い品物を一つだけ買う。

例えば、ツマヨウジの束とか、亀の子タワシとか、シャモジとか、卵を泡立てる器具とか、そういったものを一つだけ買って、どんな小さい品物でも、丁寧に包装してもらうのである。最初のとき、彼は質問してみた。

「いったい、それをどうするんだ」

「お嫁に行くときの用意よ」

「お嫁に行くって、誰かきまった人があるのか」

「いまは無いわ。でも、貯金ができたらこの商売をやめて、誰かいい人と結婚するの」

「それは分ったが、なんでオレがその買物に一緒に行かなくちゃならないんだ」

「だって、男の人と一緒に所帯道具を買った方が気分がでるもの」

「それじゃオレは気分を出すための道具というわけか」

彼は面白がって、彼女の部屋に泊った翌朝は、誘われるままに彼女と一しょにデパートへ行く。うっとりした表情で台所用品を選んでいる彼女の傍に立って、苦笑しながらその様子を眺め、そういう位置にいる自分を気に入っていた。

この彼の気持は、一種のダンディズムといってよいだろう。その女の振舞には、どこか愚かさがあり、愚かさの味わいといったものがある。それも、彼は横に立って、愚かな女の介添役である恥ずかしさを我慢するというダンディズムを心に抱き、その愚かさを味わっていたわけだ。

この彼の態度には、やや若気の至りといった点も感じられる。紳士でないとは言わないが、彼は次のような復讐を受け、それを嚙みしめたときはじめて本当の紳士になるであろう。

彼女はそのささやかな買物を、部屋に戻るとボストンバッグに収める。ボストンバッグが一ぱいになったとき、彼女は彼の眼の前で、その蓋を開いてみせ、

「あなた、あたし本当は、この品物はあなたとのために買ったのよ。ね、あたしの気持、分ってくださるわね」

金の使い方に関する発想法

俚諺《りげん》に、「恒産なければ恒心なし」というのがある。これを言い替えれば、金が無いと紳士としての姿勢を守り切れぬことがある、ともいえるだろう。

過日、私が銀座のあるキャバレーにゆき、トイレットで尿器と対い合って立っていると、背後から声をかけた男がいる。

「ちょっと、おにいさん」

これは強請《ゆす》られるのかな、とおもったが、身構えるわけにもまいらぬ状況である。そのまま、首だけねじ曲げると、

「ちょっとうかがいたいんですが」

「なんですか」

「この店の勘定は高いですか」

「さあ、ぼくはよく分らないが」

「そんなこと言わないで、教えてくださいよ、ねえ」

「いったい、どうしたんです」

「通りがかりにふらりと入ったんですが、入ってみたら、なんだかタカそうなんで心配になってるんですよ」

「いま、いくら持ってますか」

「五千円くらいです」

「あなた一人ですか」

「そうですよ。さっき、テーブルに座ったばかりです」

「それなら、足りる筈ですよ。もうそれ以上何も註文しないことですな」

するとその男は嘆息とも歓声ともつかぬ声をあげて、

「たすかったあ」

と言いながら、私の背中から抱き付いてきた。私はようやく、尿器から離れて、その男と対い合うと、彼は安堵の表情を満面に浮べて、

「ありがとう、これで安心しました」

と、私に握手を求めてきた。私は手を洗わずに、そのまま彼の手を握ったのであるが、彼の心境が痛切に理解できて、苦しみから解放された彼に素直に共感できた。

彼は「恒心」を取り戻して、席に戻ったことだろう。もっとも、トイレットにおける彼の取り乱し方は、なかなかよろしい。「恒心」は無いにしても、人間的で紳士としての資

格がある。なまじ、金が有り余って取り乱している人間よりも、はるかに立派である。
つまり、この俚諺は、「恒産あれば恒心あり」とは言い替えられないので、そこのところに金と人間の微妙で厄介な関係があるわけだ。

私はどちらかというと浪費家で、金の使い方に才能のある方ではない。仕事の性質上、収入の増減の差が甚しいが、いつも全部金を使い切って、わずかに借金の残る状態がつづいている。

といって、金に無頓着なわけでは、けっして無い。もしも無頓着ならば、いつもわずかに赤字という芸当はできるものではない。だが、繰返して言うが、金の使い方を他人に説く資格のある方ではない。しかし、私自身の金の使い方に、あるいは共感される読者もあるかもしれないので、それを左に書く。

まず、百円札を一枚テーブルの上に置いて、しみじみと眺める。すると、そのときの収入状態によって、その百円札がいろいろな具合に眼に映ってくるのである。
一枚の百円札が、ウドンカケ四杯に見えることもあり、一皿のライスカレーに見えることもある。あるいは、酒の肴の小量のモズクに見えることもあり、さらにはナイトクラブのボーイのチップに見えることもある。
さて、その百円札の眼に映り方にしたがって、金の使い具合を決める。見える以上にも、見える以下にも使わないのがコツである。

百円札一枚が、一皿のライスカレーにみえる状況のとき、うっかりキャバレーになど飛び込むと、前記のトイレットの男のような憂き目に遭う。彼の苦しみは、持っている金がたまたま勘定に間に合いそうもない、というところから発しているのではない。場違いなところに入りこんでしまったため、ポケットの中の紙幣が強姦される苦しみなのである。

他人のことは言えない。私にも、そういう経験がある。事情があって、一人で数日間ホテルに泊ることになった。百円札が一皿のライスカレーにみえる状況の頃の話だ。

そこで、苦しみがはじまった。

ホテルでは、ルームサービスの品物は二割サービス料が加算される。たとえば、食堂で飲めば八十円のコーヒーが、部屋で飲めば九十六円になるわけだ。そのことが気になりながら、外に出るのがイヤなので、部屋に食事を取寄せる。メイドが、盆に品物を載せて部屋に入ってくる度に、カチャリとタクシーのメーターが上るような感じに、二割勘定が高くなるのである。

それが度重なると、しだいに被害妄想的心持になってくる。いよいよ、ホテルを出るときになって、メイドに勘定をしてくれと言った。

「勘定書を持ってきてください」

「あのう、お部屋にお持ちしてよろしいのですか」

「持ってきてください」

勘定書を待っている間に、不意に不安な気持が忍び込んできた。

「お部屋にお持ちしてよろしいのですか」

と、問い返したメイドの言葉と表情が意味ありげに思い出されてきた。部屋に運んでくるものには、常に二割の金額が加算される、という事実と一しょに、その言葉や表情が思い出されてくるのである。

やがてドアのノックの音がして彼女が銀色の盆の上に、勘定書の紙片を載せて現れた。その瞬間、その勘定が二割加算されているような気持に陥った。

もちろん、勘定書にルームサービスが付く道理はない。そして、そういう錯覚には、百円札一枚でメイドのチップにみえる状況では、けっして陥ることはない。

ことのついでだが、わが国のホテルには、しばしば非紳士的人物が勤務している。たしか、犬養道子《いぬかいみちこ》さんが書かれていたことだったとおもうが、それを紹介させてもらう。

ホテルに長逗留《とうりゅう》して、食事にあきてきた。部屋の電話で、自分の希望を言った。メニュー外の、なにか特別な料理はできないか、と訊ねた。そんなものはできません、という、ケンもホロロの答が戻ってきた。

一計を案じて、もう一度電話をかけて、英語で同じことを言ってみた。たちまち、「イエス、マダム」「シュアー、マダム」とか、愛想の良い返事が戻ってきて、特別料理が食べられることになった、という話である。

こういう植民地的人物は困りもので、紳士として憤慨しないわけにはいかない。ある友人が、赤坂界隈のナイトクラブのホステスを口説いてみたところ、「O・K。でも、あたしたちは、銀座の女のように安くはないわよ」という返事が戻ってきたという。これも困った発想法だが、ちょっと憎めないところもある。

どうも私は、非紳士よりは、非淑女の方に点数が甘いらしい。

痴語のすすめ

一盗二婢

痴語《ちご》とは新造語で、平たくいえば猥談ということになる。余談になるが、私の郷里の岡山の方言で、「チバける」という言葉がある。男と女とが、いちゃいちゃと甘え合って仲良くしているとき、「こりゃあ、チバけるな」と言うふうに使う。

語源があきらかでないが、チバけるはチワけるの訛《なま》ったもので、チワけるとは痴話ける、という文字が当て嵌《はま》るのではあるまいか、と考えている。痴語は、痴話とは関連のない言葉と、承知していただきたい。

ところで、猥談は音楽に似ている。残念ながら、言語が媒体になっているので、音楽のように国境を越えて人の心に働きかけることはできないが、すくなくとも環境とか職業の垣は取り払うことができる。

十年ほど前、清瀬病院の二十五人部屋に入院していたときは、もっぱらこの音楽を奏することによって、人間関係の円滑をたもつことができた。男ばかり二十五人一つの部屋に入院していると、取るに足りぬことで喧嘩がおこることがあったが、この音楽が流れるようになってから、目立って喧嘩が減った。痴語の功徳の一つである。

先日も、都心の交叉点の赤信号で車を停めていると、並んで停っているタクシーの窓が開いて運転手が首を出し、

「よう、元気かい」

見れば、当時の音楽仲間の一員である。外科手術を受けて、激務にたえるまでに回復しているわけで、彼の健在を祝し、懐しい気持になった。

さて、これから書こうとすることは、酒場においての痴語についてである。酒を飲んでいるときは、これにかぎる、酒を飲むのは、休養の時間、ストレス解消の時間なので、そのときまで文学論その他のむつかしい話はしたくない。知人の噂なども、厭な後味が残ることがある。やはり、猥談にかぎるのである。

このごろの酒場の女性は、愉しく遊ばせてくれる才覚の持主がすくないので、こちらがサービスにつとめることになるわけだが、その場合にもこれに限る。その際、多くの場合は、即興演奏の簡単な言葉のやりとりが効果を発揮するものだが、時折まとまった一つの話で面白いものがある。こういうものは、いわゆる「一つ話」として、痴語の古典ということになってゆくもので、この種の話を紹介してゆくことにしようとおもう。

ただ、酒場の一つ話というものは、雰囲気が香辛料となって実力以上の面白味が出るこ

とが多い。これを文字にして、アルコールの入らない冷静な眼で読まれた場合、はたしてどうか、という心配がある。また、話術の問題もある。話術には、話し方ばかりでなく、声の質も参加するが、それも文字では表現できない。

話術で抜群なのは、遠藤狐狸庵《こりあん》という男である。なにしろ、話だけで女性をオルガスムスに達せしめたという武勲の主であるから、

「おう狐狸庵、あの話をひとつしてくれ」

と、しばしば酒場で註文が出る。すると、彼は一曲演奏するわけだが、同じ話を幾度聞いても倦きない。彼の古くからの相棒に、楠本狼玕洞《ろうかんどう》という男がいて、このデコボコ・コンビの行状記を聞くだけで、一晩は十分過ごせる。

ある夜、ホテルで仕事をしているという遠の字に電話をかけると、応対の気配になにやら不審なところがある。

「どうかしたのか」

「いえね、いまちょっと取込んでいてね。楠本もここにいる」

「ほかに誰かいるのか」

「いや、いまは二人だが、これからオモシロイことがはじまる」

気をきかせて電話を切り、街へ出て酒を飲んでいると、夜中に二人そろって、その酒場に入ってきた。

「いや、ひどい目に会った」

「まったく、つまらんなあ」

と、愚痴ばかり並べている。ことの次第を聞いて、呆れた。鍵をかけ忘れて部屋にいると、夜中に外国婦人がふらり入ってきたというそのホテルでの話を遠の字が聞きこんで、さっそく楠の字を呼びよせた。ドアの鍵をかけず、トゥインベッドに一人ずつ横になって頭から毛布をかぶり息を潜めて待っていたが、ついに誰も現れなかった、という。

木の切株に兎がぶつかってコロリと死んだのに味をしめて、翌日からずっと切株の傍に座っていた、という男の話よりも、もっとひどい。もっとも、こういうトボけたところが、彼の話術の味わいになっていることは、否定できない。

酒場の一つ話も、長短さまざまである。

「となりの空地に、囲《かこ》いが立ったね」

「へ」

というほど短かくはないが、短かい話からはじめるとしよう。

Tさんがね、といきなり語り出せば、それで話がはじまるのだが、ここではTさんなる人物についての解説が少々必要である。

昼の顔と夜の顔と二つの顔をもった還暦にちかい怪人物で、昼は謹厳にして沈痛な面持の紳士風実業家だが、夜は酔って咆哮する狒狒《ひひ》に変化する。うおーっと本当に咆えるのだが、吼えるだけの無芸ではなく、軽妙なシャレを連発したり、なかでも音楽に合わせてのストリップ・ティーズは絶妙である。

あるとき、あるキャバレーで、Tさんのストリップがはじまった。そのときは大酔《たいすい》で、シャツを脱ぎ、パンツが下り、「出たっ」とおもったが、よく見ると、赤い鼻緒のゾーリがちゃんとバタフライのかわりを果していた。なぜ赤い鼻緒の草履かといえば、舞台は、温泉地の安キャバレーで、その店の上ばきであったからだ。

Tさんのシャレには、定評がある。テーブル・スピーチには、かならず落ちがつく。ときに難解な落ちがあって、笑いがすくないと、「今日の客はイナカものばかりだ」と、機嫌がわるい。悲願五千人斬りを、すでに達成した、という説がある。本人も、あえてその数字を否定しない。

千人でも大変な数字だとおもい、いろいろ計算してみたが、レストランに入って料理を註文すると同じ形で女性と交渉を結ぶことが可能な時代に青春を送った人なのだから、金と体力があれば不可能ではない。一晩に一人という計算が、そもそも間違いだ、とは本人の言である。

さて、そのTさんだが……。

Tさんのところにいた女中が、トルコ風呂に勤めるようになった。さっそくその店に出かけて行って、そこでいろいろとあったという話をTさんがしてくれたので、ぼくが訊ねてみた。

「前にその女性と関係があったんですか」

すると、なにをいまさらという顔で、Tさんが答えた。

「だって君、ぼくのところで女中していたんだもの」

シャレの大家であるTさんが、シャレのつもりでなくて言ったところに、面白味がある。

横須賀線

酒場で酒を飲んでいると、

「お×××」

と、女性の重大な箇所の名称を俗語で発音する声が、聞えてくることがある。しばしば聞えてくる、と言うことはできないにしても、珍しい体験とは言えない。そして、その発音のされ具合はさまざまだが、「ウイスキー」とか「水」とかいう単語と同じ口調で口から出てゆく場合は、稀《まれ》である。先日、柳家三亀松《やなぎやみきまつ》氏と一緒に飲んだとき、師匠の口から連発されるその猥語の具合は、その稀な場合に当てはまった。こうなると、卑猥な感じはなく、むしろ清潔であるが、十年や二十年の修行では、なかなかその境地に達することはできない。

私もときおりその言葉を酒場で口に出すことがあり、一たん口にすると連発することになるのもしばしばであるが、私の場合はその単語を口にするときには一種の決意を必要とする。何ものかに挑みかかる心持が、心の底にうずくまっている。何ものか、というと曖《あい》昧《まい》だが、取り澄ましたものとか、いわゆる良風美俗とかいうものにたいする破壊的な気分が、酒のために露《あら》わになったときに、その単語を口から出したくなる。

私自身当惑するくらい、その単語が口から出た時期が昨年にあった。そもそもキッカケは、酒を飲んでいるとき、ふとあることを思い付いたのである。

「白いワイシャツにネクタイをきちんと締めて、できるだけ紳士風になって、横須賀線の一等車に乗るとするね。翻訳本でも読んでいる令嬢を探してですな、おもむろに近寄ると慇《いん》懃《ぎん》に会釈して、小声で言う。

『ちょっと、うかがいますが』

『何でしょうか』

『私とお×××しませんか』

と言ったら、どういうことになるとおもう?」

と、酒場の女性に相談してみたのが、話の発端である。相談相手の彼女は、ヒンシュクするよりも、まず笑い出したところをみると、なかなかセンスがある。笑ってから、真面目な顔になって、考えてくれた。

「そうねえ、案外、それで話がまとまることがあるのじゃないかしら。でも、バカなことを考えるものねえ」

その夜は、話はそこまでである。その場に居あわせた友人の某君と次の夜一ぱい飲んでいると彼が思い出したように言う。

「この前の件だがね、知合いに横須賀線の一等車に乗る令嬢がいてね、そのひとに訊ねてみたら、やっぱりうまくまとまるかもしれないと言っていた」

傍のホステスが、「なんのお話」と訊ねてきたので、待っていました、と例の会話を再演してみる。この際、「×××」という単語は、なるべくウイスキーとか水とかと同じ次元で、無色透明な口調で発音しなくては効果が少いので、修行になる。文化程度の高い酒場ほど、よく笑う。曖昧な笑顔になったり、顔をしかめたりする女は、脳味噌が上等でないと判断を下してよい。

私は某君にすすめてみた。

「君、ひとつ実行してみたらどうだ」

「しかし、もしもその令嬢が、おまわりさーんと叫び出して、電車が非常停止する。パトカーが、ううう－うとサイレンを鳴らしてやってくる。その車に乗せられて、警察に連れて行かれてだな、警官に詰問される。なんでそんなことを言ったのか、と詰問されたとき、どう答えたらいいだろう」

そこで、いろいろ答弁について、二人で考えてみたが、

「結局、あのう、つい魔がさしまして……、というよりほかにないだろうなあ」

「つい魔がさして、もうしません、か」

ということになった。

次の酒場にゆくと、話は長くなって「魔がさしまして」のところまでになる。この話のオチは、難解な点がある。

警察で、なぜそんなことを言ったか、ということについての自分の心情を述べようとしても通用するわけがない。結局良風美俗の次元においての答弁として「つい魔がさしまして」と言ってしまうより仕方がなくなる、という可笑しさである。

もっとも、友人の弁護士と一緒に酒場にいるとき、その話に異論が出た。警察に連れて行かれることはない、言葉だけでは罪を構成しない、というのが彼の意見である。

ワイセツ物陳列罪というのはあるが、ワイセツ語発音罪というのは、ない。ただし……、と彼は注意を与えた。

「××××しませんか」

と言い、相手が憤然として横を向いたとき、

「ね、ね、しましょうよ、しましょうよ」

と執拗に喰い下ったときには、「つきまとった罪」ということになる、というのである。

ところで、友人の弁護士の意見は、話を修正する役目を果さず、話はますます長くなる。

「つい魔がさしまして。ところが、弁護士に念のために問い合わせて確かめてみるとね……」

と、話に尾鰭《おひれ》がついてくる。

この話は、話すたびに長くなる性質を持っていて、推理作家のT女史の意見によると、
そういう際には、女性としては、

「×××しませんか」

「は？　×××でございますか」

と、当り前の言葉のように問い返すのがよい、という。なるほど、そう言われると、

「いえ、なに、そのパピプペポ」

となってしまいそうである。

あるいは、公園のベンチなどで夢中で英語の単語を暗記している高校生に近よって、

「あの、×××しませんか」というういしい令嬢が言ったとする。顔を上げて相手をみた高校生は、「こんな女のひとが、こんなことを言うはずはない。きっと受験勉強をしす

ぎて、頭がオカしくなったにちがいない」と、ノイローゼに陥るにちがいない……。その意見を出したのが、れっきとした令嬢なのだから、おどろく。

このように、いろいろの人物の知恵が加わって、話が固まっていって決定版ができ上る。落語にもそういう形のものが多いし、シェークスピアの劇もそういう経過でできたという説もある。しかし、この話には、まだ決定版がない。「横須賀線事件というの、きみ知っているか」という前置きで、行くさきざきの酒場で一席うかがっていた。そのうちに、横須賀線の鶴見大事故が起ったので、禁演にしてしまった。

伯爵令嬢

気温の高低が烈しい上に、朝から雨で、気がふさぎペンを持つ気持になれぬ。街へ出て、映画館に入る。芸術的映画は、一たん見はじめてしまえば退屈でもないが、すすんで見物する気持になれぬ。プレスリーの「ラスベガス万歳」というのを見る。よくできた娯楽映画で、とくにヒロイン役のアン・マーグレットという女優がよい。軀もよいし、顔もわるくないし、矢鱈《やたら》に大きくないのが何よりよい。プログラムを買って、帰宅して調べると、身長一六〇センチ、体重五〇・二キロとある。一六五センチくらいあるかとおもっていたが……、ますますよろしい。プログラムの一頁に、天然色写真の彼女が大きく載っているのを、しげしげと眺める。黄色い水着に白い靴で、おヘソの位置が、丁度頁の中央にある。

突然、思い出したことがある。ある夜、ある酒場にいると、若いマダムが現れて自分の名刺を出した。かなり酩酊していた私は、その名刺を指先でつまんでしげしげと眺めているうち、即興曲のテーマを思い付いた。仮にその名刺の名前を「戸田美千子」とすると、私は顔を名刺に近づけて、長く出した舌の先で「美」の字を舐める真似をした。

「あら、そこはおヘソよ」

と、傍でマダムが腹をおさえてみせた。私は彼女の才気に感服し、今度は「戸」の字を舐めてみると、「あ」と、唇をおさえる。

名刺の下の縁をペロペロ舐めると、マダムは草履《ぞうり》を脱いで、白足袋につつまれた足の裏をおさえる。横の縁を舐めると、横腹に手を当てて身悶《もだ》えする。愉快な一分数十秒であった。

即興というのは、ときに自分でも感心するほどのヒラメキを示すことがあるが、終ったときには記憶の底に沈んでしまう。「ラスベガス万歳」のプログラムを見なければ、名刺のことは一生思い出さなかったかもしれない。

あるいは、何かのキッカケで、記憶の上に浮び上ってくることがあったかもしれない。

記憶の底に沈んでいるいろいろのものの存在を考えると、薄気味わるくもあり、苛《いら》立たしいような心持でもある。

それに比べて、次に述べる話は、すでに酒場の一つ話として完成されかかっているものであり、もう忘れることはないだろう。

「ねえ、伯爵令嬢のはなし、してちょうだいな」

「あれは、この前したではないか」

「だって、面白いんですもの。それに、ヨシコさんはまだ聞いてないから、やって」

「では、仕方がない、話すとしよう……」

狐狸庵E君と狼玕洞K君とが、連れ立って私の飲んでいる酒場に入ってきたその直後から、話ははじまる。

ある町のある小さな酒場で、そのときはかなり客が立てこんでいた。「ちょっと、ジン・フィーズをつくってくださらない」と、マダムが気易くスタンドの隅に座っている一人の女に呼びかけた。四月の中旬だったか、ミンクの外套を着ているのが、いささか時節はずれに見えた。

「わたくし、ジン・フィーズのつくり方など存じませんわ」

「それじゃ、こっちへきて、座ってよ」

マダムの言葉がややぞんざいになると、ミンクの女性は一層不機嫌な顔になったが、私

たちの席にきて座った。令嬢が女中の役目を言い付けられて、憤然としている按配である。しゃらくさい、と私はおもい、

「ジン・フィーズはいらない。ビールを持ってきてください」

とマダムに言い、

「ビールの栓なら抜けるでしょ」

と、ミンクの女性に言うと、彼女は横を向いて答えない。マダムが、気配を察してその女性を私たちに紹介した。

「このお嬢さま、あたしのお友だち。今日、はじめてこの店に遊びにいらしたのよ」

「そうですか、お嬢さまですか。お名前を教えていただけませんか」

と、E君が調子を合わせて言うと、突然、彼女の口から異様な声が出た。

「淡路島……」

一オクターブ高い朗詠調なのだが、彼女はまったく真面目な表情で声を出しつづける。

「淡路島かよう千鳥の鳴く声に幾夜寝ざめぬ須磨の関守、……千鳥と申しますの」

これは面白くなってきた、落語の「たらちね」だな、と私は内心よろこんだ。

「なるほど、千鳥さまですね」

私の言葉をマダムが受けて、

「こちらのお嬢さま、じつをいえば……」

と、声をひそめる。重大な事実を打明ける口調で、その女性がじつは高貴の生れ、と言いかけた気配。

「あら、恵子さま、およしあそばせ」

「いいじゃありませんの」

「いけませんわ」

といった具合に、「偽伯爵令嬢事件」ははじまった。

そもそも、このマダムというのが二十五、六歳の若さのまぎれもない戦後女性のくせに、人種上と階級上の偏見がはなはだしい。学習院出身というと、無条件で尊敬してくれるので、E君もK君も、京都の学習院卒業ということになっている。

一時間後、私たちは場所を移して、E君のホテルの一室にいた。千鳥さまとマダムとEとKと私の五人である。私たちはウイスキー、令嬢はカクテルを飲んでいた。

この頃になると、彼女の身分をマダムは私たちに打明けていた。彼女の父親は、北海道の億万長者で、大会社の支店長で、元伯爵で……、となんだか奇妙な肩書である。

不意に、彼女が立上って、言った。

「あの、わたくし、ちょっとホタルを見に」

「え？　ホタル」

彼女はそのまま、便所に入った。

「便所へ行くことがホタルか。お尻がカッカとしてきたということかな」

というと、マダムが、

「まあお品のわるい。高貴のかたがトイレに行くときは、なんでもそう言って席を立ったという話よ」

やがて令嬢が元の席に戻ったとき、E君が立上って言った。

「K君、団扇《うちわ》はないか。団扇を貸してくれたまえ。ぼくもホタル……」

「まあ風流なこと。蛍狩りには、やはり団扇がいるわね」

とマダムが言うのを、K君が遮《さえぎ》った。

「なにが風流なものか。あいつはいまINKINでね。薬を塗って、団扇でバタバタと煽ぐつもりなんだよ」

令嬢は私たち三人の顔をしみじみ見比べ、まじめな表情で言った。

「わたくし、あなたがたのようにお品のわるい方たちとお話するの、はじめてですわ」

「しかし、そう捨てたものでもありませんよ、このE君は……」

と、私が狐狸庵を指して、

「フランスはリヨン大学の卒業生で、パリーには精《くわ》しい人です。いまごろは、マロニエが咲いている季節かね、E君」

彼女は負けるものか、という顔になり、

「あら、そういうお方がいらっしゃるなら、お訊ねしたいことがあるわ。わたくし、日本の生活もちょっと倦きてきましたので、しばらくフランスにでも行ってみようとおもっておりますのよ。ソルボンヌ大学の聴講生になるのは、難しいでしょうか」

　私たちがニヤニヤしているのに、彼女は懸命にそういう調子の会話をつづけてゆく。きみのことは分っているんだ、もっと気楽にお酒を飲みましょう……、とポンと肩をたたく機会を私はうかがっていた。もっとも、酒だけは彼女は気楽にガブガブ飲んでいて、かなり酩酊してきた。機会が摑《つか》めぬうちに、突然彼女が私の前に立ちはだかると、

「わたくしがどんな香水を使っているか、当ててごらんあそばせ」

「なるほど、さすがは伯爵のお嬢さまだなあ、むかし殿上人は香合わせという遊びをしたというが」

「さ、当ててごらんあそばせ。あなたの教養の程度を計ってあげますわ」

「もし当ったら、どうします」

「そのときは、わたくしのヴァージニティを差上げます」

「えっ、ヴァージニティ？　精神的な意味でしょうか」

「まあ失礼な。わたくしヴァージンですわ」

　と、彼女は咽喉の肉を、私の鼻に押しつけてきた。

息を吸いこんでみたが、香水の匂いはしない。かすかに汗のにおいがした。それなのに、

彼女はせき立てるように言う。

「さ、当ててごらんあそばせ」

私は計算していた。たとえば、シャネルNO・5とかタブーとかいったとすれば、相手の言うことは分っている。「あなたがたは、そんな香水を高級とおもっているの？ それは通俗的なものなのよ」と、こうくるだろう。アヤメ香水とか金鳥香水とか、安香水の名を言ってみるのも面白いが……。

「ミス・ディオール」

私がおごそかに言ってみると、眼の前の咽喉の肉がぴくりと動いた。

「ま、当りましたわ」

そこらあたりの名が、適当だろうという私の計算が当った。

「でも、どうしてお分りになったの」

「それはあなた、ぼくのおかあはまは元華族の出でね」

芝居はもうおやめなさい、もともと茶番劇と分っている、という心持で、私はそう言った。ところが彼女は、きっとなって私を睨んだ。華族という言葉に、特別敏感な女である。

「嘘ばっかり」

「本当でござりますよ」

「では、何という華族の出なの。わたくし、華族の名前はみんな知っておりますのよ。さ、はやく言ってごらんなさい」

「狸小路侯爵……」

「嘘！　そんな侯爵は、ぜったいありません」

私は面倒くさくなってきて、高圧的に出ることにした。

「ところで、香水が当りました。約束どおり、ヴァージニティをいただきましょう」

「でも」

「でも、じゃないよ」

彼女は床の上にぺったり正座すると、敷物に額をこすりつけてお辞儀し、

「お許しくださいまし、千鳥は嘘を申しました。さっきのお約束は、嘘でございます」

と言うのである。


彼女が伯爵令嬢に化けることを、マダムは手伝っていたわけだが、あまり令嬢が威張りすぎると、腹を立てる。令嬢の友人の立場が維持できているうちはいいが、侍女あつかいにされると、がぜん立腹する。

「なによ、あんた」

と、マダムが叫んだ。

「お上品な口をきいたって、あんたこの前、西洋便所の上にピョンと載っかっていたじゃ

ないのさ。あれはね、椅子に座るみたいにして腰かけるものなのよ」

「まあまあ」

私たちは二人をなだめ、マダムの耳にささやく。

「あのお嬢さま、頭がおかしいのか」

「そうでもないんだけど、ミンクの外套を着ると、なんだか少しオカシくなるのよ」

……マダムの店で令嬢の真珠の首飾りの紐が切れて、床の上に真珠の粒が散乱したことがあった。五十万円の首飾りよ、と彼女が口癖のように言っていた品物である。一粒でも五千円くらいにはなるだろうと店の女の子が拾い集めるふりをして、一粒だけフトコロにしのばせた。

翌日、拾った女の子が、銀座の宝石店へその真珠を持ってゆくと、一粒百円にもならぬ贋物といわれた。

「大恥をかいちゃった」

と、女の子は私に告げ、ひひーっと泣いているような声を出して、笑った。

結局、彼女の正体は何だったのか。私たちがはじめて彼女に会い、マダムの店からE君のホテルに移動する途中のことを述べておこう。先に帰ったバーテンが間違って店の鍵をもって行ってしまったので、私たちはバーテンの家へ車を向けた。しかし、彼はまだ帰宅していなかった。

「仕方がないわ、それじゃ、おばさんに頼んでおくわ」

「おばさん？」

「家主のおばさんよ」

車をマダムの指示する方向へ走らせた。そのおばさんというのは、白い割烹着《かっぽうぎ》を着た肥った中年女で、顔は桜色に脂で光っている。その女は肥った軀をうしろの座席に割りこませ、ふうっと息を吐くと車内を見まわし、千鳥という女に眼が留まると、

「おや、あんたなの。久しぶりだね」

「お久しぶり」

「あんたたち元気なもんだね」

「おばさんだって、元気じゃございません」

「あたしゃ、すっかり齢を取っちまってね。それにまた肥っちまって、動くのが億劫《おっくう》で仕方がないんだよ」

千鳥はさりげなく丁寧な言葉づかいで応対をつづけているが、軀を堅くしている気配が分った。悲しい伯爵令嬢の物語である。

即興のテーマを思いついて、自分ではたいそう気に入っても、なにしろ酔っているときだから、計算ちがいをすることもある。

たとえば、こういう例がある。

隣に並んでいる女性に、思いついて提案した。

「きみ、新婚旅行ごっこをやらないか」

彼女がうなずくので、高砂やあー、と怪しげな節まわしで謡い出す。次は、新婚旅行の汽車の場面で椅子の上の軀をこまかく上下に揺さぶって、汽車が進んでゆく感じを出す。隣の女性の軀にも、椅子のクッションの動きが伝わって、しぜんに上下に揺れる。そのうち彼女も興に乗って自分から軀を揺すぶりはじめる。

やがて、汽車が停る。慣性で、いくぶん椅子から前にのめる姿勢をつくる。

「アタミー、アタミイー」

駅名を呼ぶ駅員の声。わざと、通俗的な場所に、旅行地を選んでおく。そこがこちらの狙いなのである。

私としては、ここらですでに皮肉な心持になっている。あとにつづく話のオチのための心構えができ上っている。一方、隣に座った女性は、新婚旅行ごっこのムードに真正直に巻き込まれはじめ、ロマンチックな心持になっている。その喰い違いを、酔っている私は見落している。

駅前からタクシーに乗るゼスチュアー。初夜のための宿に、車を向ける。車中では、甘い甘いムードを出さなくてはならぬ。車が停る音。旅館の前に、新婚の二人が並んで立つ。女中が立ち現れて、急転直下、オチに至る。

出てきた女中に、こう言わせる。

「いらっしゃいませ。お泊りですか、お時間ですか」

……良い話ができた、と私は悦に入った。アイロニカルのところが、なかなかよろしい、とおもって隣の女性をみると、彼女はさっと顔色を変え不機嫌になってしまった。

酒場で飲んでいる私たちの年代の人間には、結婚というものに、ロマンチックな夢をもっている男は、ほとんどいないと言ってよい。一方、酒場に勤めている女性たちの多くにとっては結婚は、やはり純な憧れの対象になり得るものなのである。

「お嫁になんか行くものですか」

と言う若い女の言葉を、まともに受け取ってはいけない。それは、お嫁に行きたいけど相手が見付からない、という意味の場合が、しばしばなのは分り切っているのに、酔っているときには、計算をあやまることもある。

計算ちがいをするとこわいが、危険な話題ほど魅力が大きい。金銭についての話題もその一つである。

「ゼニがパラパラッと天井から落ちてこないかなあ」

二人連れの客の一人が、上を向いて、まんざら冗談ばかりではない口調で言った。

「たとえば、だ……」

と、もう一人の客が傍の女性に話しかける。

「きみとぼくとは、特別な関係はなにもないわけだが……」

「もちろんよ」

「特別の関係があったのでは、話がつまらなくなる。ところで、きみと一緒に街を歩いていた、とする。銀座の泰明《たいめい》小学校の傍に、毛皮屋があるね」

「ええ、あるわ」

彼女の眼が光り、一膝乗り出す姿勢になった。

「今日、あの店の前を通ってみたら、ショウ・ウインドウに、ミンクのオーバーが一つだけ飾ってあった。五百万とか値段がついていたが。ところで、きみとぼくとがその前を通りかかる。きみが立止まる。あらステキなオーバーね、と言う。それとも、言わないかな」

「言うわ」

「ステキだわ、ときみが言う。欲しいか、とぼくが言う。欲しいわ、ときみが言ったとき、ぼくがきみの腕をかるくかかえて店の中に入る。ショウ・ウインドウから毛皮を出させて、ふわりときみの肩に着せかける。小切手をさらさらと書いて、きみそのまま着て帰ったらいいよ、と、ま、そんな具合になったとするね」

「………」

「そんな具合になったらば、だ。きみ、その瞬間にオシッコが洩れるか」

彼女は不意打を受けた表情になったが、やがて決然として言った。

「ウンコまで洩れちまうわ」

「きたねえなあ」

と、もう一人の男がなさけなさそうに言い、二人の男はその店の勘定は今夜は、ワリカンにしよう、と相談しはじめた。

アラビアの王様は、金が有りすぎて、キャデラックの灰皿が一ぱいになると、そのまま車を捨ててしまう、そのため、砂漠にはキャデラックがごろごろしている。有りすぎると、そうでもしなくては増えるばかりで困るのだろう。もしも一日に一千万円ずつ使わなくてはいけない義務ができたら、どうしよう、という話題になった。

酒席は活気を帯びた。彼女たちの頭の中でさまざまな夢がふくらんでゆくのが、眼に映る心持である。しかし、それだけの金を使い果してゆくためには、よほどの体力及び使い方のアイディアが必要である。

銀座で酒を飲んでいたのでは、到底使い切れない。一生懸命飲んで、勘定をたずねると、わずか百万円で、あまりの安さに泣きそうになった、ということが起りかねない。

さて、どうしたらよかろう、と皆で頭を痛めはじめた。やがて某君がアイディアを出した。

まず銀座のバーやキャバレーなど酒処一切を全部一週間ほど借切りにする。働いている数万人の女性たちには、多額の小づかいを渡し、

「どこか温泉へでも行って、ゆっくり休養していらっしゃい」

と言う。酒の店は、その一週間は燈を消して、休業である。小さな酒場を一軒だけ開いて、選りすぐりの美女を十人ばかり集め、一人でゆっくり酒を飲む。銀座で酒が飲めるのはその店だけということになるが、自分一人だけで、ほかの誰も入れてやらない。

某々君は、次のようなアイディアを出した。

銀座四丁目の角の土地を買い占める。あまり広すぎないほうがよい。二百坪くらいが適当か。建物を取りこわして、地面の土を露出させ、畠にしてしまう。その畠には、キュウ

リヤサツマイモを栽培する。肥料は、化学肥料はぜったいに使わない。オワイ車を引っぱってきて、ヒシャクで桶の内容物を威勢よく撒きちらす。

両君とも、なかなか卓抜なアイディアである。しかし、難をいえば、いかにも貧乏人のおもいついた金の使い方である。某君のアイディアは、一見おっとりしているようだがなかなかにそうではなく、某々君のに至っては恨みがましさが露骨ではないか。

歯科医

ある雨降りの夜、銀座裏の小さい酒場に入って行くと、閑散とした店の中で、一人のホステスが、テープレコーダーのイヤホーンを耳の穴に入れて、座っていた。真剣なような、沈痛なような表情である。

「いいものか？」

と、訊ねた。男女閨房のテープであることは分り切ったこととして、その出来栄えについて訊ねてみたわけだ。彼女はしばらくの間、返事をしない。丁度クライマックスの部分にさしかかっているとみえる。やがて、スイッチを切ると、答えた。

「何某さんが貸してくれたの。竹竿の先にマイクを結びつけ、となりの窓の外へつき出した苦心の録音ということだわ。なかなか良いものよ。聞いてごらんなさい」

と、イヤホーンを差出した。一つの機械に、二つのイヤホーンが付いている。両耳に一つずつ入れて聴くと、ステレオ式になって、現実感が強くなる。なるほど、両耳に入れると、機械から出ている音を聞いている感じがなくなって、隣室の音をぬすみ聞きしているように聞えてくるところが、妙である。

なるほど彼女の言うように、なかなか良いものだった。真剣な力がこもっていて、汗ばんでゆく二つの軀がみえるようだ。あきらかに、職業的なつながり合いではなく、愛し合っている同士のいとなみだということが分った。

一、二日経って、またその酒場に立寄ってみると、意外なことを聞かされた。彼女が雨降りの日の翌日、ガス自殺を遂げたという。私は呆然としたが、同時に、あのとき彼女の聴いていたテープが、もっと不出来なものだったら、自殺に踏み切ることはなかったのではあるまいかとおもった。何故かはっきり分らぬが、そうおもった。愛を確かめ合っている男女のつややかで光りかがやく細胞と、自分の細胞との相違を、彼女が痛切に感じ取ったのがいけなかったのではなかったか。

「もっとインチキなテープだったら」

と、私はおもった。インチキなテープにも、ときおり出会うことがある。まず三味線の爪弾きの音が聞えてくる。花柳界の奥座敷という情景描写で、いかにもそれらしいところがすでに眉唾《まゆつば》である。犬の遠吠なんぞが入る場合もある。それから、女の声だけがそれらしく聞えはじめ、しだいに高まってゆくのだが、これがインチキなのだ。

まったく男の声がしないで終るという場合も、現実にはしばしば起る。いや、男性側はほとんど声を出さぬのが常態のようにおもえるから、女の声だけのテープをインチキと断定するのは早計だが、やはりインチキなものはおのずから分る。軀に加えられている力を感じさせない、そらぞらしい声なので、テープレコーダーに女ひとりだけで吹込んでいることが瞭然とする。

それにしても、もうすこし頭を使えば、聞き手を誤魔化《ごまか》すことはできるのだが。女ひとりでも加えられている力を感じさせる声を出すことは可能なのだから。

「もうすこしで、誤魔化されそうになったことがあってね」

こういう話題になると、だいたい酒場の女性は一膝乗り出してくる。

なにも酒場の女性にかぎったことではないが、話を酒場の中に限定してあるのだから仕方がない。しかし、この話は、事情あって、簡略に述べることにする。

テープ蒐集家の誘いをうけて、わざわざヒコーキに乗って聴きに行ったことがある。莫大な量のテープの声を、分析し比較検討した成果を一巻の研究書目にまとめてある、という点に惹かれた。

その相手とは、初対面である。本職は歯科医ということだったので、盛業中の医者の道楽とおもって出かけた。訪れてみると、裏町のうらぶれた小医院で、陰気な小男が現れてきた。

陰気な感じでいつも何かに怯《おび》えているような表情だが、話題がテープのこととなると、さっと顔色が明るくなり、自信にあふれてくる。さっそく聴かせてもらうことになった。

まず最初のテープ。苦しんでいるような、よろこんでいるような女の声がきこえてきた。その声がしだいに高くなり息使いもはげしくなってきた。

「もう、そろそろですよ」

と、彼の註釈が入り、間もなく終った。

「ありふれたテープだな」

と、私はおもい、あとで分ったことだが、そうおもったところに落し穴があったのだ。

「平凡ですね」

「そう、単調なのが、物足りませんが」

と、彼は頷《うなず》いて、次のテープを機械にかけた。ところが、機械の回転音だけで、なんの音も出てこない。その状態が、いつまでもつづく。

「どうしたのですか」

「これは、最後に一声だけあります。およそ、二十分後です」

鶴の一声のために、二十分間、音の出ないテープレコーダーと向い合って辛抱することには、なかなか妙味がある。しかし、いま旅の身でそう暇はない。

「なにか、もっとハデなのはありませんか」

「ありますとも」

彼はそのテープを機械にかけながら、註釈をつけはじめた。

「その女は部屋に引っぱりこんだとたんに、ものすごく暴れ出しましてね。無理におさえつけたのですが、それはもう、ハデな騒ぎでしたよ。それに、あなたヴァージンでした」

テープがまわりはじめたとたん、

「あ、いやいや、かんにんかんにん」

「動かないで」

その声は、彼のものである。

「痛い、痛い」

「まだまだ、これからですよ」

「あ、あ、あ」

「このつぎから、痛くなくなるからね」

女のあえぐような切羽詰った声にくらべて、彼の声は冷静そのものだ。患者を取りあつかっている医師の声のようだ……、と感じた瞬間、私の頭にひらめいたことがある。

　これはインチキテープらしい。歯の治療をしているときの患者の声を、テープに収めたものではあるまいか。そうおもって思い返してみると、いま聞えてきている声を、抜歯されている患者の声とかんがえても、いちいち符合するところがある。

　それでは、いままで聞かされたテープはどうなのだろう。眼の前にあるおびただしい量のテープはどうなのだろう。

「分りました。なかなかハデなものです。ところで、いままでのものは、どれもこれもイタイとか厭とかいうばかりで、イイというテープはありませんね。そういう、嬉しがっている言葉の入ったのを聞かせてください」

「おやすいご用です」

　と、彼はテープの箱を調べはじめたが、やがて、

「そういうのはありませんな。現実には、女はそんなことは言いませんよ」

「そんなバカな」

　と私は言ったが、それ以上、彼を咎《とが》めようとはおもわなかった。彼のインチキをあばくことも、しなかった。それらのテープが、その陰気な小男の哀しい玩具にみえたからである。

裾模様

世の中は広いようで狭い、というのは古色蒼然とした言いまわしだが、不思議なめぐり合わせにぶつかることがある。近ごろでは、私の出かけてゆく酒場はごく僅《わず》かの数になってしまったが、その狭い範囲で尚かつ奇遇が起る。

先日、銀座のある酒場で、渋い良い感じの中年男を見かけた。「なかなかいい男じゃないか」と傍の女性にいうと、その言葉が相手に伝わって行ったらしい。断っておくが、私には男色の趣味はない。純然とした審美的立場で、そう言ったわけだが、間もなく相手の男から伝言がきた。

「麻布中学でピッチャーをやっていたKと伝えてくれ」というのである。Kといえばあまり交友はなかったが、同期生で、そういわれればはっきり面影がある。記憶力の悪くなったのに、自分でおどろいた。とても、「私の秘密」になどは出られない。

それで思い出したことがある。大分前の話だが、「私の秘密」に出てくれ、という電話がかかってきた。私はひらに辞退した。ご対面の相手を思い出せなくては、相手のかたに失礼に当るし、テレビに出ると顔を知られて世の中が狭くなって都合がわるい、といって許してもらった。そのとき電話の相手の男が名前を名のり、「じつは自分は、あなたの〝ご対面〟の相手に登場すれば適当な人物です」と言う。

その瞬間、私は彼が誰か、電光が閃めくように分ってしまった。ヒントは声と苗字だけなのである。二十年前、静岡高校を受験したとき、三日ほど静岡市の下宿屋に泊らせてもらい、試験場に通った。そのとき同宿したM君という人物がいた。エスプリのある面白い人物で、いろいろ話をした。彼はその年は落第したので、以来会っていない。そのM君だ、と確信した。

「静岡高校を受験したとき……」

私がいうと、M君はびっくりして、

「どうして分ったのですか」

というが、私自身びっくりしていた。ときおり頭がふしぎな冴え方をする瞬間があるようだ。M君は言葉をつづけて、

「あのときの下宿に、色の黒い娘さんがいましたね」

「いや、ぜんぜん覚えていません」

「そんな筈はない。あなたは散歩に連れ出したじゃありませんか」

と言われて、私はおどろいた。中学生のとき、旅先で少女と散歩をしたならば、そのこ

とだけで強い印象となって残るにちがいない。それなのに、いくら思い返しても、記憶がないのである。その色の黒い少女が記憶から抜け落ちていて、M君のことははっきり覚えているということは、私の色好みではない証拠とでもいえるであろう。

「きみは、どこかであったことがあるね」というのは、陳腐な言い方である。初対面の酒場の女性を、そういうキッカケで擽《くすぐ》ろうというのは、たしかに古い。しかし、邪心なくして、その言葉を言いたくなる場合がしばしばある。たしかにどこかで会った記憶がある、とおもえて、古い口説きと誤解されることを承知で、言ってしまうことになる。

しかし、こういう場合は、私の勘ちがいであることがほとんどである。先日も、ある芸者をみて、たしかに会ったことがある、とおもい、思い出せず、いつまでも気懸りで落着けないことがあった。ようやく思い出せたのが、以前会ったわけではなく、ある人に似ていたわけで、そのある人というのは映画俳優の山本礼三郎《やまもとれいざぶろう》なのである。私の好きな性格俳優だが、女性の顔に引写すとこれはどうも具合がわるい。

これに反して、私が見覚えのない顔だとおもっている相手から、声をかけられることがある。先日、銀座のある酒場に、新顔の女性がいた。

「きみ、ニューフェイスだね、ちょっとここへ来たまえ……。うむ、なるほど、これは合性のよさそうな女性ではないか。まるで、わが輩のために生れてきたような女性だ」

と、勝手なことを言って騒いでいると、しばらく経ってから、彼女が不意に言った。

「わたし、十年ほど前に、一度お会いしたことがあります」

おもわず顔を見たが、顔には見覚えがない。しかし、分った。その顔の底から昔の顔が浮び上ってきたわけでもない。ただ、その瞬間に、その女性のもっている雰囲気がみるみる濃厚に煮詰まって以前の記憶を誘い出してきた。

「分った。十年前、きみは新宿のMにいたね」

と、新宿にある酒場の名を言うと、彼女は複雑な顔になって、うなずいた。昔のお俠《きゃん》な感じがまったく無くなって、控え目な淑《しと》やかな風情になっている。

私が即座に思い出したのは、十年前の彼女との出会いが甚だ印象的であったためだ。ある酒場に行くと十七、八にみえる少女がいて、威勢よく、いろいろの意見感想の類を述べる。世の中にたいしてこわいもの知らずなのか、背伸びして頑張っているのか、ともかく突飛な意見が多くて、面白くおもった。それにひどい訛《なまり》である。突飛なところと、訛とがうまく混り合って、可愛らしくもあり、愛嬌にもなっていた。

「きみ、明日デートしないか」

「いいわ、どこで」

真昼間の時刻と、喫茶店の名を、私は言った。相手のタイプに、合わせたわけである。

そういうことも含めて、私の彼女にたいする興味の持ち方には、一種のダンディズムと醜女好みに似た思い上りがあった、とおもう。そしてそういう心持は、神様から罰せられずに済むものでない。

当日、約束の喫茶店へ着いたとき、すでに私は後悔しはじめていた。中二階のある大きな店で、人が多すぎる。中二階の端に座って、入口を眺めていると、やがて彼女が現れた。裾模様の訪問着をきている。襟を抜かずに着ているので、着せ替え人形の着物のようにみえるし、柔道着を着た感じにも似ている。手提げ式のハンドバッグの紐を摑んだ手を勢よく振りながら、大股で歩み寄ってくる。店の中の視線が、すべて彼女に集まった。なにか異様で、理解に苦しむ感じが漂っていたのだろう。たくさんの視線が、彼女とともに移動して、私に近付いてくる。

私は、閉口して座っていた。彼女と向い合いになったが、言葉もとぎれがちである。その気配を敏感に察した彼女は、

「お友だちの結婚式の帰りなの」

と、服装についての弁解をこころみた。

友人の結婚式というのは、おそらく嘘だったと思う。上京して来たばかりの彼女は、東京の男とのデートにいさみたって盛装したわけだ。そして今、その盛装の具合が奇妙なものになっていることに気づいて、とっさに嘘をついたに違いない。とすれば、いじらしく可愛らしい嘘である。しかし、そういう彼女をいじらしく可愛らしいと思うのは、結局都

会の男の思い上りというものではあるまいか。そもそも、それと同じ類《たぐ》いの思い上りから彼女とのデートをこころみた私を、神様が今、裾模様の彼女を私の前に差向けることで、私を罰している。この上、思い上りを繰返すことは出来ない。

いじらしいとおもうことは惚れたということだ、という言葉があるが、惚れてしまえば、許されるだろうか。私はコーヒーを飲んだだけで、彼女と別れた。

松の湯

奇遇のなかでも最大なものは、次のような按配で起った。場所は、銀座裏の曲りくねった路地の角にある酒場である。ピンク色の軒燈がともっていて、銀座というよりももっと場末の雰囲気である。

十年ほど前の話なのだが、その店で私と同年輩の女性が、突然言った。

「あなたのおちんちん、あたし見たことあるわ」

吃驚《びっくり》して、顔を見た。しみじみ眺めてみたが、記憶にない。戸惑っていると、彼女はからかうように笑いながら、言葉をつづける。

「あなたのおちんちん、毛が無かったわ」

「そんな馬鹿な、人ちがいだろう」

「いいえ、間違いありません」

「だいたい、男には無毛症は無いんだぜ……。しかしぼくはきみと何か関係がありましたか」

「関係は無いけど、お風呂で見たのよ」

田舎の温泉場で、混浴でもしたのかな。しかし……、と迷っていると、彼女が言った。

「そのとき、あなたはまだ子供だったわ」

話を聞いてみると、彼女が子供の頃、近所の松の湯という銭湯に入っていると、十歳くらいの男の子が女親と一緒に女湯に入ってきた、という。男の子の母親と彼女の母親と顔見知りで挨拶をかわした。

「それが、あなたのお母さんだったのだから、男の子というのはあなたということになるでしょう」

そう言われて、思い出した。彼女のことは記憶にないが、銭湯のことは覚えている。自宅の風呂の釜が毀《こわ》れて修繕中に、母親にくっついて、女湯へ行った。入ってから、十歳という年齢は女湯へ入るには大きすぎるという違和感を強く感じたので、そのときのことははっきり印象に残っている。

「なるほど、思い出した。きみは、もう黒々と生えていたな」

「嘘よ。まだ子供だったもの」

「しかし、奇遇だね」

私は、感慨をおぼえた。人生というのは、不思議なものだ。この奇遇の確率を計算すれば、王が五打席連続ホームランを打てる確率に匹敵するだろう。

「あなたのおちんちん、可愛らしかったわ」

と、彼女はしみじみと言い、私は答えた。

「どうだ、その後の成長の具合を、お見せしようか」

だが、その約束が果せないうちに、彼女はその店から姿を消し、行方知れずになってしまった。

松の湯のような奇遇のあったときには、一時的に異常な霊感にちかい能力が授けられるものらしい。その酒場を出て、別の店へ行ったとき、隣に座った女性にたいして私の能力が動きはじめた。

「やあ、しばらく」

と、私がその初対面の女性に言い、向いの女性が、

「ご存知なの」

「うん、むかし同棲していたことがあってね」

「本当？」

「あら嘘よ」

と、隣の女性が否定した。

「恥ずかしがって、そう言っているのさ。なにもきみに都合のわるいことは喋りはしない」

私は落着いてそう言い、女の乳房の上を指先で衣裳の上からおさえると、

「ここの黒子《ほくろ》は、まだあるかな」

と言いながら、洋服の胸もとをずらしてみると、私の指先の丁度真下にホクロがあった。私は内心おどろいたが、向いの女は、私たちが同棲していたことをほとんど信じた顔になっていた。

つづいて私はその女の膝がしらの上のあたりをぐっと摑み、

「それから、ここの傷痕……」

と言いかけると、彼女は鋭い声で、

「厭、傷なんか、ありはしないわ」

やがて一座に、今のことは私の冗談であることを知らせると、女の顔がややややわらいで、スカートを持上げてみせた。すると、私の手の下から、古い傷が出てきた。

「あんた、変な人ね」

と、彼女は薄気味わるそうに私の顔を見たが、私自身薄気味わるくおもっていた。

しかし、その能力は短かい一時期だけで、松の湯の女性が姿を消すと同時に、私の中から消え去ってしまった。

片腕

私には男色の気はない、という説明をしてみよう。そして、こういう説明はじつは、酒場の話題として適している。

「いいですか、ぼくにはソノ気はない。そりゃあ、一度や二度は、やったことはある。何ごとも経験が大事だからね、やることはやりました。しかし、これは武者修行の道場破りと同じ心持でね、ソノ気があるわけではない」

などといえば、酒場の女性たちは、

「あらあ、やったの。どういう具合にしてやるの。教えて……」

と、膝をすすめてくることになる。しかし、ここで忠告しておく必要があるが、この種の話題は、東京のそれも銀座裏に限るようである。

土地によって、それぞれローカル・カラーというのがあり、その判断を間違うと災難を蒙《こうむ》ることになる。北海道のある都市のある地域では、私の名は変質者兼大々的痴漢として語り継がれているようだが、それはその地域の酒場で、話題の選び方をあやまったためである。

そのとき、私はその酒場でしずかに飲んでいた。旅は、私にとって休養のためのものであり、いつも一人寝をたのしむ。嘘ではない、旅先で乱れるのは、文部省推薦風の人物が多い。やがて立上って、その酒場を出ようとすると、一人の女性が走り寄ってきて、

「あとで、お宿へ伺《うかが》ってよろしい？」

と、訊ねる。

見れば、なかなかの美女である。先刻の席では、ななめ前に座っていて、話もしなかった間柄だ。せっかくの一人寝を、いやだなあー、とおもったが、よろしくないというのも大人気ない。時計をみると、閉店まで三十分ほどである。

「それなら、ついでに終りまで飲んで、一緒に帰りましょう」

と店の中に引返して飲んでいるうちに、がぜん上機嫌になってきた（ここらあたり、あまり首尾一貫していないが）。そこで、おもわず男色の話をした。

ふと気付くと、彼女の姿が席から消えている。一緒に店を出るのでは具合がわるいのか、

と店の傍の歩道に立っていると、やがて姿を見せた彼女は必死の足取りで私の前を駈け抜けて逃げ去ったではないか。

郷に入れば郷に従え。人を見て法を説け。やはりその土地では、ロマンチック・ムードが適当していたようだ。

「社長秘書をご紹介しましょう」

と、コール・ガールの元締が言うのでホテルのロビーで待っていると、最新型のレインコートを着た美女が現れた。

「どうですダンナ」

「ま、いいだろう」

と、同伴ホテルへ行く。

「あんた、ずいぶん遊んでいるようね」

座敷で机をはさんで向い合うと、女が言った。

「そうとも」

と、得意になって、

「男とだってやったことあるぞ。あれは、こうやってああやって」

と微に入り細にわたって説明すると、彼女は鬱陶しげな表情になって、

「そろそろ、隣の部屋へ行きましょうよ」

と言う。風呂へ入らないか、と訊くと、ちょっと考えて、やめておくわ、と言う。蒲団に入ってきた彼女の軀に触れておどろいた。背中一面、汗ぐっしょりである。

………。

「分ったら仕方ないわ。あたし、あれよ」

「あれ？」

「さっき、あんたの話に出てきたあれよ」

男だ、と言っているわけだ、傍の軀をいくら眺めても女である。骨格から皮膚の具合、小さいが胸の隆起など、女以外のものではない。まさか、とおもいながら、その軀の前側をゆっくりと撫でおろしてゆくうちに、

「あった！」

のである。小さいものがあった。小さいが唯小さいだけではない。ミニアチュアとしての小ささである。

「あたし、卵巣もあるのよ」

と言うが、純生半陰陽は稀である。おそらくその人物の願望であろう。しかしその言葉を、そのまま信じてやった。

「そのうち、手術して、切り取ってしまうつもりなの」

「それは、やめたまえ。そうなったら、女になってしまうじゃないか。女なら、どこにでもうじゃうじゃいる。大切に、残しておくんだな。そのうち、第三の性の時代がくる。そうなればきみたちの天下だ」

「そういえば、そうねえ」

「そうとも、元気で暮したまえ、さよなら」

「さよなら」


一年経って、堀端を車で走っていると、右側に並んだタクシーが左へ左へと寄せてくる。危ないので首をまわして睨むと、座席で和服の美女が手を振っている。

車をとめると、タクシーも並んで停った。誰だったか、思い出せない。窓から声をかけた。

「ともかく、こっちの車に乗りたまえ」

美女が乗り移ってきた。

「ところで、きみは誰だったっけ」

「なんだ、忘れてたの。ほら、一年ほど前に……」

と、ヒントになることを言う。つまり、第三の性の彼女である。洋服が和装にかわって、見違えた。車を走らせながら、いろいろの世間話のあげく彼女が訊ねた。

「ひとつ訊ねるけど、あのとき、あたし汗を一ぱいかいたでしょ。あれ、見破られていて、そういう話ばかり聞かされていたためとおもっている？」

最初から見破っていたわけではないが、彼女は見破られている、とおもっていたそうだ。見破った瞬間を、精しく話せば、なかなかドラマティックである。

彼女を抱いた瞬間、ショックを受けた。この世のものとも思えぬ精密な構造をもったものにおもえたからだ。よろこびかかって、首を捻った。この世のものとおもえぬものは、やはりこの世に存在していない筈だ、と観察する眼で彼女を眺めると、はたして右手が背中にまわっている。男娼がしばしば使うテクニックである。

具体的にいえば、うしろにまわした右手の掌と、右脚の内腿とで間隙をつくり、それを代用品として供するわけだ。最後まで分らずに、そのまま別れてくる男性も、意外に多い。

そのうしろにまわった腕の手首をぐいと摑んで、力いっぱい持上げると、その瞬間に精密な構造の名器は消え失せてしまった。そのときの彼女の無念の表情は渡辺の綱に片腕切り取られた羅生門の鬼のようだ。そうと分っても、女性がそういうテクニックを使った、とおもっていた。さて、一年後の彼女は、言う。

「違うのよ、見破られたためじゃないのよ」

「それでは、薬が切れかかっていたわけだな」

「そうなの、薬では、ほんとにずいぶんと苦労したわ」

……ところで、この話がなぜ私が男色ではない証明になるのか、という声が聞えてきた。そう言われれば、そのとおりだ。

男色と一口にいっても、一人ではできないのだから、能動と受動、平たくいえば男役と女役がいるわけだ。そして、私など「やった、やった」と言ったところで、所詮その男役の範囲を出ない。

私見によれば、男役の範囲のうちは、男色家と呼ばれるのは当らない。だいたい、そういうときには、武者修行の気持とか、好奇心とか、代償行為とか、美少年を可愛がるますらおぶりとかいう正常な気持が動機となっている。男色家という言葉のもつムードからは、遠いのである。

もっとも、そういう説明を、酒場でしても彼女たちはあまり聞いていない。酒場の会話はもっと具体的なものでないといけないようだ。抽象的なところは聞く耳もたぬ顔で、彼女たちはいう。

「でも、あんな小さなところに入るかしら」

「大丈夫さ。小さいといっても、便秘したあと、ようやく出てくるものの太さを思い出してみたまえ」

彼女たちは、ふっと眼を宙に向ける。二種類のものを思い出し、その太さを比較検討している顔つきで、やがて、

「あらいやだ、ほんとうね」

と、言う。あるいは、こういうことを言う女性もいる。

「女の人より素敵だという話ね。分るわ、締り加減がすごいとおもうわ」

「きみのは、そんなにだらしないのかね」

とまず言っておいて、おもむろにたしなめる。

「それは間違いである。いくら締るといったところで、それは垂れ流しにならぬために締っているわけである。管は管でも、UNKOのために神様がおつくりになったものを、別の目的で使ってもいいわけがないよ」

その言葉に間違いはない。したがって、男役の立場の人間は、特別の快感を得るわけではない。もしも得ることができるとすれば、それはあくまで心理的な影響によるものである。

ところが、女役の人間は、異常な快感を得ることができるらしい。男役の役割をつとめた人物の話によると、相手のヨダレのためにシーツが掌を拡げたほどの大きさで濡れたという。

「へへえ、中学生の頃なら分らないが、今となってそれだけの快感を得ることは、男にはとうてい無理だとおもっていたが」

「男女関係では、無理だね」

「ひとつ、やられてみるか」

たしかに、男は齢を加えるにしたがって、眼がパッチリ開いてしまう。一方、女はその反対に眼がしだいに堅く閉じるようになる。

「やっと眼が開いたわ」

などと言うのを聞くと、口惜しくて仕方がない。男は眼をパッチリ開き、女の快感の様子を眺めることによって、奮い立とうとする。だから、「ひとつ、やられてみるか」ということになるが、これをやると問題なのだ。

男役ばかりつとめている男がいる。たとえば、頑丈な体格の中年男で、鼻の下に威勢よく八の字ヒゲを生やしているとする。

その男がある日ふと「ひとつ役割を交替してみるか」とおもう。そうおもったことの底にはいろいろの蓄積があって、けっして「ふと」ではないだろうが、ともかく、ある夜女役の役割をつとめてしまう。

すると、翌日から異変がおこる。その頑丈な中年男の挙措《きょそ》動作のはしはしに、どことなくナヨナヨしたところが現れてくる。これを斯道《しどう》では、「どんでんがきた」というのだぞうだ。現代の怪談である。

「どんでん」がくるのはこわい。だから私は、「どんでん」的状況には近寄らない。どんでんがきて、はじめて男色家と呼ばれるのにふさわしい人間になる、と私はおもっている。

以上でようやく、私が男色家でない証明がついたわけである。

尋ね人

　昨年の春、未知の女性から原稿が送り届けられた。私はこの種の原稿は一切読まないことにしている。私自身かつて文学上の先生というものを持ったことがないし、文学は一人だけでやるものだとおもっているためである。

　ところが、この場合、添えられた手紙に興味を惹かれた。その女性は、現役の街娼だという。齢もあまり若くないし、恋人やヒモができるほど美人でもないらしい。街に立って得た金で、その日の生計を辛うじて立てているらしい。そういう女性が、自分の娼婦としての生活を書き綴ってよこした。

「この原稿は断片だが、そのうちまとまったものを書くつもりである。読物は書きたくない、文学を書きたい」と、意気壮《さか》んである。

　その断片を読んで、一層興味を惹かれた。なかなか見どころがある。ヒラメキがあり、また実際に体験した者でなくては摑めぬ微妙なところが、摑んである。

たとえば、次のような断片があった。

朝から雨が降っている。軀がだるく、部屋で寝ていたいのだが、街に出て稼がないと、飯代ができない。戸外へ出て、場末の映画館に入る。そこで客を拾おうとおもっている。二階へ上り、売店でアンパンを買って食べた。

座席の一番うしろの列に座って、あたりを物色していると、中年男が寄ってきた。眼で合図を送る。男は隣の席に座り、彼女に触れてきた。やがて、その男が、彼女の耳もとで、小さく叫んだ。

「泣け！」

しばらく経って、また叫んだ。

「泣け！」

そして、男は彼女から離れて、立去って行った。彼女の手に、千円札が一枚残った。彼女はまた売店へ行き、アンパンを買って、ゆっくり食べた。

……ただ、それだけの断片だが、陰気な雨とアンパンと男の叫び声とが、うまく混り合って良い効果となっている。とくに、客との交渉をくだくだしく書かずに、

「泣け！」

の一言で済ませているところは、見事である。私は返事を出して、もうすこし長いものを見せなさい、と書いた。折返し、原稿が送られてきた。コクヨ印の原稿用紙にボールペ

ンで書いてある。

街娼が刑事に復讐する話であった。この原稿も取柄があったが、欠点もあった。その欠点について、すこしくわしく私は説明して返事を出した。技巧ではなく、ものの考え方の盲点のような部分を指摘したのである。

礼状がきた。七月末までに一篇の作品を書き上げて送るから、それまで自分という女のいることを記憶に、とどめておくようにという文面である。私が感心したのは、文面にすこしも馴れなれしさが現れてこないことである。どこまでも手紙だけのつながりで、会ってほしいという種類の文句も出てこない。

私は心待ちにしていた。しかし、それっきり一通の手紙も届かない。すでに、一年経った。特殊な境遇にいる人だけに心配である。

作品のことは、二の次である。はたして健在なのであろうか。お心当りのかたは……、というわけではなく、彼女自身の目に触れることを願っての文章である。

小動物

前に述べたように、本来酒場での話は、当意即妙、即興の受けこたえを最上とする。まとまった話となると、どうしても相手に持続した緊張を要求することになる。そのことと酒を飲む気分とは相反することになる。したがって、「一つ話」はよほど面白味が強く、ショートショートであり、また話の合間に相手に口を挿《はさ》む余地のあるものでないといけない。なかなかに難しい。

次の話は、登場人物が怒る話でもあるのだが、私としてはこの際どうしても書き残しておきたいものである。これを書かぬと、しめくくりが付かぬ気持である。

私にとって分らぬのは、なぜこの話の登場人物が怒るのか、ということである。話の中での儲け役であり、聞き手を感動させる役柄であり、あまりに良い役なので、テレて怒ったふりをしているのかとおもったが、どうもそうでもないらしい。人物をあきらかにしては謀殺されるおそれがあるので、主人公は曖昧にしておく。

その男からむかしむかしのある日私に電話がかかってきた。

「もしもし、毛じらみにたかられたので、駆除法をおしえていただきたい」

ここまで話しておいて、酒場の女性に質問してみる。

「きみ、毛じらみというのを知っているか」

くすりと、知っていそうな笑い方をする女性と、

「知っているわ、髪の毛につくしらみでしょう」

と言う女性と、だいたい二種類に分れる。

後者では、本当にそう思いこんでいる女性と、とぼけてそう言っている女性と二種類あるが、そういう区別は構わずに、

「違うよ、頭につくしらみは脚がないが、毛じらみというのは……」

と、組み合わせた両手の十本の指をもじゃらもじゃらと動かしてみせる。嬌声、悲鳴に似た笑い声などが聞えてくること間違いなしで、ここらあたり酒場での話の醍醐味のあるところである。

さて、話は元に戻って、私はその男に答えた。

「それでは教えて差上げよう。その部分の毛をぜんぶ剃《そ》ってしまいなさい」

「そんな殺生な。DDTをかけたら、どうでしょう」

「DDTでは、卵が死なないから、駄目ですな」

「つめたいことを言わずに、教えてくれ」

「水銀軟膏という薬を薬屋で買って塗りなさい。それが、毛じらみの唯一の特効薬である」

「そうですか、そんな薬があるのですか」

と、その男は不安そうな声を出した。

私の言葉を疑って不安な声を出しているのかとおもったが、これが違った。後日その男に聞いた話によると……、ここからが彼の純情美談となる。

唯一の特効薬と聞いたので、その男は発売したばかりの頃のペニシリンとかストレプトマイシンとかに似た新薬をかんがえたらしい。つまり、さぞや高価なものだろう、とおもったわけだ。むかしむかしその男が貧乏で閉口していた頃のことなので、本をたくさん古本屋に持ちこんで、千五百円の金をつくった。

その金をしっかりと握りしめ、「これで足りるだろうか」と不安におもい、薬屋の店先でしばし躇《ため》らったが、思い切って歩み入り、

「水銀軟膏をください」

不安と緊張の一瞬である。

薬屋の主人は、無造作に小さな瓶を棚から取って、彼の前に置き、

「はい、五十円」

膝の力がゆるんで、おもわずへなへなとその場に座りたくなったというから、まさに美談である。

しかし、その毛じらみも最近ではすっかりその数が減り、そのうちには天然記念物に指定されそうな按配である。

学生アルバイトの一つとして、実験用の毛じらみを自分の叢《くさむら》で飼う仕事があると聞いた。一日、二百円の日当だそうだ。


毛じらみが出てきたので、ついでにさらに極微なものの話で、終りにしたいとおもう。

「淋病にかかった、淋病にかかった」

と、銀座の酒場で宣伝して歩いた男がいる。わざわざ水をもらって、紫いろのカプセル入りの薬を飲んだりする。もちろん、厭がられようとして振舞っているわけではなく、その逆の魂胆である。女性たちは、まず呆《あき》れたように笑ってみせる。その笑いのなかにしばしば親愛感が混るが、これはどういうわけか。同病相憐れむの類ではない。放蕩児にたいする母性本能のようなものが、くすぐられるのか。

「まあ、今どきまだそんな病気があるの」

と、前人未踏のヒマラヤの高峰に登ってきた登山家を眺めるようにして言う女性もいる。

彼女たちといえども、性病が以前より一層複雑な形で拡がっていることを知らないわけはあるまい。ただ、その言葉のひびきには、ひどく古めかしいものがあるのは確かだ。ステレオ時代に朝顔型の大きなラッパのついた蓄音器を見る気持になるらしい。

「仕方のない人ねえ」

　とか、

「呆れた人ねえ」

　とか、言われていたが、「不潔な人ねえ」とは言われていなかった。その言葉に、どこか時代ばなれした、とぼけたひびきがあるためなのだろう。ただ、可笑しかったのは、その話を聞くと、真剣な表情で口走った女性のいたことだ。

「あら、それじゃ、あたしが病気になったら、あんたのせいよ」

　病気といえば、故十返《とがえり》肇《はじめ》氏に聞いた話を思い出す。遊廓へ行き、病気予防のゴムを取るのを忘れて出てきた男がいた。戸外へ出たところの薄暗がりの路地で、立ったまま用を足そうとした。取り忘れたゴムが、ぽんと抜けたとき、

「あっ先が取れた！」

　とおもい、あわてて両手で掴む素振りになったという。

「先が取れたのを拾って、どうするつもりだったんでしょうか」

　と言うと、十返氏も、

「さあ、どうするつもりじゃったんかねえ」

娼婦と私

瞼の裏の女

私は一部の読者には、娼婦のことばかり書いている小説家という印象を与えているようである。

それはムリもないともいえることだ。私がはじめて芥川賞の候補になった作品は娼婦を主人公にしたものだし、三度目に候補になった作品も娼婦が主人公だったし、受賞した作品も娼婦の町を舞台にしたものだった。であるから、そうおもわれるのもムリもない。それならそれでいっそのこと「娼婦と私」という文章を書くことによって、娼婦と私との因縁をあきらかにしておこうと思ったわけである。

ところで、ここで言う「娼婦」とは、おもにいまはなき赤線地帯に棲息《せいそく》していた女たちのことである。昔風にいえば、オイランでありお女郎である。売春する女は娼婦であって、売春にはいろいろの形態があるから、いまそこを歩いてゆく盛装した貴婦人だって、あるいは娼婦かもしれない。が、私のいう娼婦は、公娼という、きわめて狭い範囲の女たちであることを、あらかじめお断りしておく。

娼婦といえば不潔なものという偏見をもつ人もいるかもしれないが、なに、身持ちのわるいしろうと娘より、よほど清潔である。

さて、うまく寝つかれない夜が、しばしばある。こういうときは一つ二つと数をかぞえれば眠くなる、との話を聞いたので、実行してみたがさっぱり効果がなかった。

そこで、一つ二つ、のかわりに、一人二人と勘定してみることにした。眼をつむれば、以前馴染んだ娼婦の町が、眼蓋の裏側に浮び上ってくる。横丁にあるゴミ箱の位置まで、ありありと浮び上ってくる。幻灯で映し出したように、その町の詳しい地図が浮び上ってくる。

その地図の上を、私は歩きはじめる。あそこの角の家で一人、曲って二軒目の家でもう一人、突き当って左へ曲ったすぐ右側の家で一人……、といった具合に、一人二人三人とかぞえてゆく。およそ、五、六十人になる頃には、眠気が襲いかかってくる。首尾よく、夢の国に歩み込むことができる、ということになる。

ところで、私には特技があって、そういう女たちの一人一人の顔つきや表情や姿態を、眼蓋の裏で再現できる。名前はたずねないことにしている。名前などというものは、どうせ符号の一種であるし、また聞いたところですぐ忘れてしまう。

しかし、顔は忘れない。これは自分でもふしぎなくらいだ。刑事になったら、大成したかもしれない。

童貞

私の亡父が相当なドンファンであったせいか、思いがけぬ噂が出てきて、ときに私をガクゼンとさせることがある。

先日も、ある大学を出たばかりの青年から、「——さんは少年時代から女性について特殊な教育をほどこされたそうですね」といわれて、ビックリした。そんな事実は全くなくて、私も女性にたいして、はじらいやすい平凡な少年にすぎなかったのである。娼婦とのつきあいにしたところで、そのスタートはきわめて遅い。

中学生のころ、友人に勇ましい少年がいて、

「おれ、きのう二丁目（新宿二丁目のこと也。遊廓があった）へ行ってきたぞ。セーラー服を着た女がいたよ」

などという話を聞いて、脚がふるえたものだ。

初めて登楼したのは、徴兵検査がおわり、入営の前であるから、あまりに型どおりでわれながら恥じ入る次第だ。ある地方都市の、川に沿った三階建の娼家である。

もっとも、そこへ行くまでの順序は、やや手がこんでいた。叔父が私を、愛人の家へ連れてゆき、そこの座敷で送別の宴をやることにした。不自由な時代で、バーや料理屋などすべて閉鎖されていた。芸者も徴用されている時代である。「女の子がいないとサビシイわね。あそこの子でも呼びましょうか」「そうだな、二、三人呼んでみるか」などという会話が、叔父と愛人とのあいだで取りかわされ、やがて、ハデな着物を着た女たちが現れた。

「あそこの子」というのが、どういう女たちかよく分らない。叔父はさっそく、そのうちの一人を膝に乗せ、彼女の重大なところへ手を当てたりしている。が、彼女は平気な顔で笑っている。

「あたしね、この前、軀じゅうにプツプツができたんだけどね。ほっといたら、きれいに直っちまったよ」

「あら、そう、簡単なものね」

などという、女同士の会話が聞えたとき「こりゃいかん」と私はおもった。

梅毒について書いてあったものの中に「第二期には全身に吹出ものができるが、第三期になると一応それで引っ込んでしまう」という一節があった。そのことを思い出すと「あそこの子」というのは娼婦のことだな、と分った。いま酒を飲んでいる家の、すぐ向い側が遊廓らしい。それで「あそこの子」ということになる。

やがて、叔父は酔いつぶれて、眠ってしまった。叔父の愛人が、これはどうやら水商売上りらしいアケスケな調子で、

「どう、あと三日くらいで入営でしょ。シャバの心残りに、遊んでらっしゃいよ。その妓《こ》がいいじゃないの」

私は童貞である。ぶるぶるっとふるえたがあとには引けない。その妓、というのをみると、さいわい梅毒三期の妓ではない。痩せた色の黒い若い妓である。

「よろしい。行きましょう」

「ちょっとまって。いいものをあげるわ」

叔父の愛人はタンスの引出しから、ゴム製品を取り出して、ふうっと息を吹きこんだ。大きなゴム風船のようになったやつを、パンパンと両手で叩いて、穴がないか調べた。すうっと空気を抜いたその品物を「はい」と私に差出した。

不肖の子

そこで私は、その若い妓と手をつないで、娼家の門口からその妓の部屋へ入ってゆくこ

とになった。行こうか戻ろうか、と遊廓の近くでうろうろする具合のわるさは味わわないで済んだのだが、部屋に入ってからが問題である。

その若い妓は、扁平な顔に愛嬌があって、童貞の私にとってオソロシイ感じではなかった。その妓の軀は、瘦せているというよりも、まだ軀ができ上っていないという感じだ、とおもうだけの余裕もあった。

「まだ、十七くらいかな。ちょっと、いたいたしいみたいだな」

なぞと余裕ありげに考えてみたが、じつはいたいたしいのは私の方なのである。横になると、やにわにその妓が腕を伸ばして、むんずと私のものを摑んだのには、ドギモを抜かれた。

女性はひかえ目で受身なもの、という封建風の先入観があったので、びっくりしてしまったわけだ。しかし、あまりびっくりして童貞と見破られるといけないとおもい、物馴れた態度をよそおって、傍の軀に触れていった。知識はたくさんもっていたので、指は狂いなく動いている筈だった。

そのとき、その妓がすこぶる露骨な言葉で催促した。

その言葉を聞くと、にわかに笑いがこみ上げてきた。なぜ、むやみにオカしくなってきたか説明するのはむずかしい。

おそらく、こういう際の女性というものを、私はかなり神秘的に思い描いていたのだろう。その女性が、あまりにミもフタもない露骨な言葉で催促したので、コッケイなようなムナしいような心持になったものとおもわれる。

ともかく、私はゲラゲラ笑いながら立上って、洋服を着はじめた。女は、私の足にしがみついて、嚙みつくのである。それを邪慳《じゃけん》にふり払って部屋を出た。

「ふん、女なんぞは」

というような気分にもなったが、要するに自意識過剰で童貞でなくなりそこなったのである。指だけが、童貞でなくなった。

叔父の待っている家に戻り、叔父の自転車のうしろに乗せてもらって、帰路についた。深夜である。橋のたもとに交番があって、そこの老巡査が、

「もしもし、どちらへ行かれるのですか」

と、誰何《すいか》した。ていねいな言葉である。

「わたくしの甥が、あさって入営でしてね、いままで酒を呑んでいたのです」

叔父が答えると、

「そうですか、もう遅いから、はやく帰ってやすむんですね」

と、老巡査がいった。

ところでその翌日、叔父の使いでまた叔父の愛人の家へ行った。

すると、彼女がにやにや笑いながら、

「きのうのあの妓がね、あの人は高尚だからなにもしなかった、といっていたわ」と言う。

私は、面目を失って彼女の顔をみた。そのにやにや笑いは、あきらかに私を童貞と見破っていた。

「まったくねえ、お父さんはスゴかったから、あんたも、とおもったのにねえ」

と彼女はじろじろ私を眺めまわすのである。

ところで、童貞でなくなった私の中指の背に、入営してから、吹出物が一つできた。そして、それは長い間、癒《なお》らなかった。

森の女たち

戦争が終って、上野の森に、売春する女性がそれこそ人垣をつくって並んでいる時期があった。私は下町生れのA君に誘われて見物にでかけた。二十一年の夏ごろだったとおもう。暗いところに、女の白いブラウスがぼんやり浮び上って、化粧した顔がかすかに揺らいでいるのがみえる。A君は闇を透かして女性の品定めをし、時折つかつかと歩みよると、

小声で何ごとかささやいている。ときには、

「だめだよ。オケラだい」

とか、

「帰り道で、セミのヌケガラだよ」

とか、大きな声で闊達《かったつ》に返事したりする。

私はその態度を、びっくりして眺めていた。戦争末期から、私はある女性と同棲に似た生活をつづけていたので、性は未知なものではなくなっていた。しかしA君のような具合にはいかない。太宰治《だざいおさむ》によれば、女学生がずらり並んでいる列の前を、歩いて通りすぎる中学生の心境のようなものが「自意識過剰」というものだそうである。そして、そのときの私は、女性器が洋服を着てずらりと並んでいる前を通りすぎる、初心の男の心境だったわけだ。

こういう場所以外の街路を歩いている女性をつかまえて、いきなり「ねえちゃん、一しょに寝ようじゃないか」といったとしたら、痴漢ということになる。街を歩いていて、そういう気持をそそられる女性に出会っても、それはできないことだ。

あるいはまた、そのように直接に性の衝動を受けないにしても「あの女性は美しい、あの女性にホレた」とおもう気持を、底の底までつきつめてゆくと「一しょに寝たい」というところにつき当る。そこにつき当ったことで、相手の女性をケガしたとおもって悩んだ

り、いやそれが人間としてのいつわらぬところで、むしろ性は賞《ほ》むべきものだと考えたりする。

そんなところで悩みながら、ようやくその女性と知り合いになる。気取った声で、なにか気のきいたことを話しかけたりして「どうもこの調子は、発情した猫がゴロニャーンと、交尾を迫っているような具合だな」と感じて、また悩む。「もっと自然に、いつもの調子で」とおもって、ギコチナクなる。そのようにして、いろいろカンタンをくだいて求愛したあげく、失恋したりする。畜生！　とおもい、その女性を脳裏に描いて、ひどく侮辱した姿勢をあれこれ取らせながら、オナニーしたりする。

なにも私がそうだというのではなく、年少の人間は誰しも、それに似た体験をもっている。つまり、性というものでは、いろいろ悩まされ、セックスの在り場所に手が触れるまでには、厄介な手つづきが必要だと、おもってきた。それが、いきなり簡便至極な形で、眼の前につきつけられているわけなのだ。そのために、上野の森で、私はあっけないような、ありうべからざることのような、どこか間違っているような、そのくせこれでいいんだというような、ややこしい感慨に襲われてギコチナクなったものとおもわれる。

ところが、そこに立っている女性にとってはそんな厄介な感慨を持つ男などは、迷惑な存在である。せっかく割り切った考えでいるのに、もじもじ羞恥の気配など示されては、不愉快なことである。

このとき、私は、A君のような態度を取ることが、この種の女性にたいするエチケットだ、とおもった。

乱　世

娼婦に向い合ったときのエチケットについて、私は悟るところがあったわけだ。しかし、それを実行するとなると、なかなか思うようにはいかなかった。

二十一年頃、吉原がバラック建てで復活したとき、私は見学にでかけたが、そのときにも登楼する勇気はなかった。

なるべく、女たちに近よらないように、道の真中を歩いて、ときどき頸をまわして様子をうかがう。

「こわいものみたさ」の姿勢で、登楼する気持のないことは、女たちにも分るとみえる。こういう通行人をみると、女たちは侮辱された気分になるらしい。

この町にきたからには、もっと陽気に、欲望を堂々とむき出しにした方が、好感をもって受け容れられるのである。

門口に立っていた女の一人が、私のところに走りよってきて、

「なにさ、あんた」

と、私をにくにくしげに突き飛ばした。

私はその女の気持が痛いほど分り、「これは、どうしても勉強して、吉原大学を卒業しなくてはいけないな」と、決心した。

いま、あの当時の吉原を思いおこすと、ずいぶんと思いがけぬほどの美人がいたものだ。当時は乱世で、平和な時代ならああいう町にいるはずのない女性がいたのである。

当時吉原のさる家の門口に、品格といい美貌といい申し分のない女性が立っていた。

私は勇気を出して彼女に近づいて、話しかけようとした。しかし、その美貌にうたれて、「こんなお方を、お金ですぐにナニしていいもんだろうか」と戸惑う気分が起った。

話しかけようとしても、自分の言い出そうとすることが卑しいことのような気がして、口ごもる。そういう私の羞恥が反射したのか、彼女も羞恥を顔にあらわしてうつむいてしまった。

やがて、彼女は顔を上げて、たがいに見かわす顔と顔、といったところから恋愛小説のようなことになればおもしろい。しかし、私はあわてて、彼女の前から逃げ出してしまった。

後日、風の便りに、この女が発狂したということを聞いた。その話を聞いて、私はそれ

が脳バイドクのせいとは思わなかった。おそらく、その町との違和感が原因であろう、とおもった。

こういう時代に、この町を探究できるだけの鍛練が私にできていたならば、と惜しむ気持がいまだに残っている。惜しむらくは、当時は、私は新入生で、卒業生ではなかった。

それから十年経った娼婦の町にも、美人はいた。しかも、オヤとおもうほどの美人ばかり揃えている店が、新宿に一軒あった。その店の美人は、ほとんどが通勤である。夜十二時になると帰宅するのである。「お家には、キャバレーに勤めているといってあるもので」などといい、ゴム製品を使わせたがる。

「それを使わないと安心できない。安心できないと気分がでない」

などという。

しかし真相は、それらの美人はヒモのいる女性なのだ。女を街娼として稼がせるよりも、娼家に通勤させた方が安全で客を引く手間もはぶけるという、ヒモの作戦である。

十年経つと、こういう町の美人の在り具合も変ってくる。そして、この町が廃止されたあと、そういう美人の一人が銀座のキャバレーで、颯爽として働いているのを私は目撃したことがあった。

荷風の三十分

小岩に、東京パレスという赤線地帯があった。坂口安吾《さかぐちあんご》が、「安吾巷談」で紹介し、二十四、五年頃が全盛であった。

殺風景な野原の中に、寄宿寮のような形の木造二階建ての粗末な建物が五棟並んでいる。これが、すなわち娼家である。

寄宿寮のようにみえるのは当り前で、これは時計工場「精工舎」の寮だった。セイコウ舎の寮がセイコウのための建物に変ったところが、趣のあるところだ。

東京駅の前からバスに三十分乗って、二枚橋という停留所で降りる。あたりにあまり人家がないので「二枚橋」といって切符を買うとき、いささか面映《おもは》ゆい。ここに住んでいる女たちは、娼婦ではなくてダンサーだという触れこみでじじつダンスホールが付属していた。ダンサーと踊っていて、意気投合すれば女の部屋へ手をつないで行く段取りである。

しかし、それは形ばかりのもので、大部分の女は、自分の部屋の前に立って、いわゆる張見世をしている。遊客は、細い廊下を歩きながら品定めしてゆく。戦国時代にふさわしい粗末な建物で、ヨーカンを切ってゆくように、細長い建物がベニヤ板でいくつもの狭い部屋に仕切られている。その仕切りも、天井までは届いていないので、寝そべって上を向くと、隣の部屋の天井が見える。

枕もとに電気スタンドを置いてあったりすると、実物の何倍にも拡大されたあやしげな影が、天井に映し出されて、ゆらゆらと揺れることになる。もちろん、話し声や物音は筒抜けである。

ある夜、隣の部屋から、大きな話し声が聞えてきた。

「あんた、商売なにしてんの」

「おれか、おれはいま運転手だ。いろんな商売をやってみたが、これが気楽で一番いいや」

「そうねえ、たくさん稼げるでしょうねえ」

「なかなかよい収入になるな」

そのうち、男の声が、こう言った。

「永井荷風《ながいかふう》が遊びにくるというじゃないか」

「そうよ、あたしは遊んだことはないけど、ときどきくるわよ」

「そうか、あれはおれの友だちだ。なかなか面白いじいさんだ。今度、おまえに紹介してやろうか」

市川に住んでいた荷風が、ときどき姿を現わしたのは事実のようだ。私は後日、荷風の相手をしたという女の部屋に上ったことがある。

これは嘘か本当か分らないが、その女のいうには、荷風は女のそばに軀を横たえて、じっと抱きしめるのだそうだ。なにもしないでただじっと横になっていてきっかり三十分経つと立ち上って身支度する。そして、三百円置いて帰ったという。当時、一時間五百円、泊って千円から千五百円が相場であった。

ところで、男の声はしだいに大言壮語しはじめた。

「しかし、なんだなあ。おれもいろんなことをやってみたが、もうみんなアキたね。ゼイタクも倦きたし、女も倦きた。あとに残っているのは、なんだな、政治だけだな。政治というのは、やってみると、なかなか面白いもんだ」

ベニヤ板の仕切りの、ボロボロの部屋での大言壮語なのだから、愛嬌がある。憎む気にはなれない。

新聞紙

やがて、隣の部屋の話し声が聞えなくなると、例の物音が聞えはじめてしばらくつづいた。その音がやんで女の声が小さく聞える。なにを言っているのか、聞き取れない。男の大きな声がひびく。

「なにい、ハナ紙がないんだと」

それにつづいた男の言葉が秀逸である。ゼイタクも倦き、女も倦き、いまや政治だけに興味があるという男がこう言った。

「仕方がないな。そんなら、そこらの新聞紙を使っておけ」

とにかく、いろいろの点で、愛嬌のある場所であった。

便所に、コンクリート製の馬の水飲場のような場所があった。それが洗滌《せんじょう》のための場所で、仕切りもなにもない。ゴム管が並んでぶら下っているだけだ。遊客は、ずらりと並んで洗滌することになる。

ここは各階の端に大きな便所がある。大便所はちょうど駅の便所のように幾つも並んでいる。駅の便所というものには、いろいろと落書があるものだが、ここの便所には落書がほとんどない。猥雑なものは全くなくて、たまにあるとおもうと、

パスカル曰く。

などと書いてあった。

やはり、猥雑な落書というものは、欲求不満のあらわれだということが、東京パレスにおいて証明されたわけである。そして、肉体の欲情が消えて、満腹のときに大福モチを出されたような気分になり、「パスカル曰く」といった深遠な哲学的心境になるものらしい。ところで、この東京パレスにどういうキッカケで行くようになったかというと、それがちょっと変っている。当時私はある娯楽雑誌の編集をしていて、この場所の女たちの座談会をやろうということになった。

最近の記事に、アメリカのコール・ガールに、ドクトル・オブ・フィロソフィ（哲学博士）の称号を持っている女がいるということが出ていた。彼女は自分の職業についての所信を検事に向って堂々と述べ立て、相手をたじたじとさせたそうである。中でも検事がビックリしたのは、彼女が「そのうち好きな人ができたら、その人に私の処女を捧げて、結婚するつもり」といったときだそうだ。「心の伴わない行為は、単に肉体の接触にすぎず、ヴァージニティに影響はない」というのが、彼女の学説なのである。

それに似た気風を持っている女が、当時はかなりいたもので、座談会の狙いはそういう

点にあった。

司会は玉川一郎《たまがわいちろう》氏におねがいし、その座談会はなかなかの成功をおさめた。その記録を載せた雑誌が手もとにないので、紹介できないのは残念であるが、出席者のうち、静岡出身という若い女のことが印象に残っている。彼女は、この乱世に一文なしで身よりもなく放り出された女として、その苦境を切り抜けるための方針を立て、その第一段階としてこの商売を選んだのである、と言った。

さて、その座談会が終って、さっそく、その女性の部屋へ出かけて行った某君が報告して曰く、

「あの女は、もうまったく、ものすごいもんだったぞ」

やはり、好きでなくては、彼女の理論は実践できないのであるな、という結論を一同は出したことであった。

美人

「東京パレス」という場所では、私は「はじめよくて、あとわるし」といったオミクジの

文句のような目に、しばしば遇っている。

前記の座談会のあと、私はその中の美人の一人に目をつけて、その部屋にくっついていった。

その子は、なかなか愛想がよく、当世風の言葉でいえば、

「あんた、なかなかイカスじゃない」

といった嬉しがらせを言って、私を彼女の部屋に引っぱっていった。ところが、値段の交渉の際に、悶着が起った。彼女は、オール・ナイト二千円よ、という。相場外の値段であり、だいいち薄給の私にとって、閉口する額である。

「高いじゃないか、もっと負けてくれ」

と、私は奮闘して、千五百円まで値切った。そこまでゆくのには、なかなか努力を要したが、彼女はついに「あんたなら、いいわ」といった按配に威勢よく、負けてくれた。

そのまま事が運んだなら、私も人生を甘くみるようになったかもしれないが、そうはいかなかった。

私が金を渡しそろそろドテラにでも着替えようかとおもっていると、部屋の戸が開いて、ヤリテババアが彼女を呼んだ。

彼女は間もなく戻ってきて複雑微妙な表情になって、「あのね、お馴染みさんが来てしまったのよ、済まないけど」

といって、私の渡した紙幣を戻してよこした。その金を受取ったときの手触りは、なかなかに忘れられない複雑微妙な感触であった。

だいたい美人の娼婦というのは、ツレないやつが多い。そのことは、私はこのとき身に沁みて知った。座談会に出席した女性たちの中で、一人抜群の美人がいた。

彼女は、座談会のときにも、ひどくヨソユキの顔つきをして、ろくに発言しなかった。カメラマンが写真機を向けると、彼女は自分の最も得意だとおもわれる角度に、顔を向けてスター気取りに振舞っている。

「あの子、なんであんなに気取っているんだろう」

という私の疑問は、間もなく解けた。つまり、彼女の部屋に、当時有名なカブキ俳優が一度上ったことがあるということが分ったのである。

スターに抱かれた瞬間に、彼女自身もスターの気分になってしまったのである。下賤なものは近づけない、という姿勢になっている。座談会のあと、千円札一枚握って彼女のところに駈けつけた同僚は、ケンもホロロに撃退されてしまった。

それ以後、「美人に近よるべからず」という教訓を、私は得たわけだ。それでも、例外はないわけはない。新宿に、フランス人との混血児風の美人がいて、アンナと呼ばれていた。その子は、美人に似合わず気持のやさしい女で、「アンナなんて、へんな名前を付けられちゃって」と、その源氏名を押し脱ぎたいような口ぶりだった。

が、間もなく、自分自身のやさしさに耐えられなくなって、ひそかにその娼家を夜逃げしてしまった。

私は、そういう例外を夢みて、うっかり美人と契約し、あとでケンもホロロの扱いを受けて、不平顔になることが時折あった。そのうちのある女は、いみじくもこう言った。

「あんたも、分りそうなもんじゃないの。店先に立っている顔つきとか、応対の仕方で、どんなサービスをされるか分るでしょ⁉」

痙《けい》攣《れん》

「はじめよくて、あとわるし」

という典型的な例を、私はこの「東京パレス」で味わわされた。

美人の娼婦にフラレたので、やむなく他の建物の廊下を歩きまわっているうち、一人の女が眼についた。さして美人ではないが好感のもてる顔つきで、スタイルもよくないが要所要所の肉づきが良さそうである。なにか、私の第六感がひらめいたように思えて、その女の部屋に入った。ところが、これが掘出しものの絶品であった。どういう具合に絶品であるか、ということの詳細を書くのは、はばかられるが、簡単に要点を述べると……。

前戯をおこなうと、ケイレンが起ってくる。そのこと自体は、娼婦としては珍しいという程度のものだが、ケイレンの具合に微妙な味わいがある。両腿の内側一面が、風にそよいでさざ波の立つ水面のようになるのである。その典雅な味わいを喜んで、私は当時、いろいろの悪友に彼女のことを宣伝した。詳細な地図を描いて渡すのである。各方面に宣伝したとみえて、最近、推理小説作家として高名になってきたM君に久しぶりで会ったときにも、

「君に教えてもらって行ったんだがね、いやどうもありがとう」

と、礼をいわれた。

さて、その女のところに、私はしばしば通って行った。ある日、B氏を誘い、彼女の姿をチラと見せて自慢して、そのまま泊りこんだ。

これが、いけなかった。

その夜、彼女は寝巻に着かえ、横になりそうな気配をみせたが、すぐに立ち上り、

「ちょっと、食事を済ませてくるわ」

といって姿を消した。

そして、なかなか戻ってこない。

長い間、待たされていると、不意に窓から彼女が入ってきた。なんとか弁解の言葉があ

って、横になろうとしたとき、私が、

「口紅を取った方がいいな」

と言った。これがまたいけなかった。彼女は立ったまま、タモトからチリ紙を出して軽く口にくわえ、ふっと考えごとをする風情になった。そして、にわかにそわそわすると、

「あたし、ちょっと用事を思い出したわ」

といって、今度は出入口から外へ姿を消してしまった。そして、今度こそ、いっかな戻ってこない。

「これはいかに、まわしを取られたぞ」

と私はここに至ってようやく悟り、モンモンの夜を送った。

まったく、あの「まわしを取られる」気分というのは、イヤなものである。入口の方で物音がすると、耳がピクリと立ち上って、もしや、と期待する。自分が期待しているということが、自尊心を傷つけてくるので、「あんなやつ、どうでもいいや」と思おうとするのだが、物音がすると、またピクリと耳が立つ。

ようやく、夜明けに彼女は戻ってきたが私はすでに疲労困憊《こんぱい》して、気力を失ってしまっている。帰ろうとすると、女はにわかに親切な素振りになって、私の靴のホコリを丁寧に拭おうとした。

「バカ、いまさら丁寧に撫でたりさすったりしても、手おくれだぞ」

と、私は捨てぜりふを残して退散したのである。

交響曲

B氏と連れ立って、私はしばしば東京パレスに出かけたのだが、泊った翌朝は小岩の駅まで歩くことにしていた。駅前のすし屋で、安くてマズいすしを食べる。その安さとマズさが、わびしくて身に沁むところが、なかなか味わいがあった。

娼婦の町というもの自体は、そのような味わいととり合わせのよいところがあるわけだ。たとえば、馴染みの娼婦に会いに出かけたとする。あいにく先客があって、時間を潰す必要が生じる。

そういうときには、縄のれんの店にでも入って、酒をのみながら暇を潰すことになる。このとき飲む酒は、ビールやウイスキーでは気分が出ない。焼酎か、日本酒ならヒヤのコップ酒がいい。玉の井に行ったときには、電気ブランにかぎる。

さて、その翌朝、例のごとくB氏と私はマズいすしをつまんでいた。B氏がにやにやしながら、

「昨夜はどうもご愁傷さま」

と言う。B氏はいささか嬉しそうだ。それもムリもない。先日は、B氏がひどい目に遭った。

「あんた。たのもしい感じだわ」

と女にいわれて、その女の部屋に泊ったまではよかった。そのあとがいけない。

「ほんとに、たのもしいわ。まるで、お兄さんか叔父さんに会っているみたい」

といわれ、その女の恋愛について、身の上相談を受けることになった。夜中なのに、女は寝ることを忘れて、戸棚からラブレターの類を引っぱり出して、B氏に朗読してきかせるのである。

今度は私の方が苦い目に遭ったので、B氏もわるい気分ではない。私は仕方なく、

「まったくひどい目に遭っちまって。まわしを取られちゃった」

「知っています、くわしく知っています」

とB氏は言う。

「くわしく」という意味が分らないので訊ねてみると、まわしを取った女の相手が、B氏の隣の部屋にいた、というのである。前述したとおり、ベニヤ板の仕切り越しなので、隣の様子は筒抜けになってくる。

「相手の男は学生らしい様子でしたよ。女はどうやら夢中で惚れているらしい。たしかに、

あの女は君のいうとおり、たいしたものですなァ。バイオリンのソロなんてものじゃない、一大オーケストラで、すごい迫力でした」

B氏の話によると、そのオーケストラが終ると、女が「客を待たせてあるから、ちょっと行ってくる」といって外へ出た。間もなく女が戻ってくると、相手の男が、「おまえ、やってきたんだろ」「なんにもしなかったわ」「ウソつけ、調べてやる」などという問答があったそうだ。「なんにもしなかった」ことは、私が保証してもいいことで、彼女は窓から入ってきて、すぐに出入口から出て行ってしまっただけなのであるから。

そういう押し問答が痴話ゲンカの調子になり、やがて仲直りのための一大オーケストラ。これは前にもまして凄かったそうである。そういう経緯を、すべてB氏が隣室で聞いていたのだから、私としては憂鬱であった。

その女は、間もなく炭屋の息子と結婚したという噂である。その学生とのことはどうなったか、分らない。また、結婚といっても、その文字どおり受取っていいものか、どうかも分らない。

節穴

昔の遊廓で、本部屋と割部屋のあった頃には、「まわし」というのは一つの制度だったわけである。その当時でも、関西ではそういう制度はなかった、と聞いている。その時代の体験は、私にはない。戦後は、東京でもその制度はなくなった。なくなった筈なのに、やられるから口惜しい気持が起る。私は、合計三回、やられた。長い期間にそれだけだから少ないともいえるだろう。

少ないだけに、印象が深い。いまでも、その三人の女の顔つき軀つき言葉つきを、ありありと思い出すことができる。しかし名前はみんな忘れてしまった。

もっとも、アルサロなどに遊びに行くと「まわし」でいちいち腹を立てていては、身がもたない。

たしかに指名料を払った筈の女が、ちらりと顔をみせ、アイスクリームなどを注文したまま、たちまちどこかへ行ってしまう。あとから運ばれてきたアイスクリームが、むなしくテーブルの上で溶けてゆくのを見ていながら忍耐していると、これははなはだ精神修養になる。はなはだしいときには、まわしを取った女が、すぐ隣のテーブルに移動していて、禿あたまの男の口に、スプーンでアイスクリームを運んでやったりしている。その心掛けのわるさは、娼婦の比ではない。

一時、評論家の村上兵衛《むらかみひょうえ》君と、よくアルサロに行ったことがある。そういうとき、村上君を誘って、

「どうだ、ひとつ精神修養に行かないか」

といえば、話が通じたものだ。行くと、案の定、たちまちまわしを取られる。村上君のごときは、椅子の上に座禅をくんで、精神修養の態勢に入ることになる。

言うまでもないことだが、戦前と戦後では、女性の気風は一変した。たとえば、戦前では、「北国の女は、何も身につけずに布団に入る」と、珍しそうに言われていた。が、今日では、そのようなことは日常茶飯のことになった。シロウトの女性でも、自らの欲望のために、何も身につけないスタイルになる。娼婦の場合は、そのためというよりはむしろ衣類を長もちさせるために、そのスタイルになる傾向がある。

和服に長襦袢《ながじゅばん》という娼婦はマレになっていたが、そういう女に行き当っても、おおむね長襦袢を大切そうにたたんで横に置き、布団にもぐりこんでくる。

とはいうものの、赤線地帯で消費していたユカタの量は、かなりのものだったらしい。その地帯が廃止になったため、倒産したユカタ屋がかなりある、という話を聞いた。「風

が吹けば桶屋がもうかる」式の話なので、付記しておく。

前置きが長くなったが、戦後の娼婦の大きな変化は、自らもセックスをたのしむようになったこととといえるだろう。戦前では、「天井板の節穴の数をかぞえる」という言葉によって、娼婦というものを現していた。わざわざ解説の必要もあるまいが、年少者のために説明すると、セックスは娼婦にとってはイヤな義務で、

「はやく済まないかなあ」

と、客の下になったまま、天井を見ている。退屈なので、フシ穴を一つ二つと数えて客の終るのを待っているわけだ。

ただ、セックスをたのしむといっても、娼婦の大部分は、はなはだ自分勝手で、自分自身の快感だけを追いかける。客のことなどは知ったことではない。そのため、しばしば客は迷惑をこうむることになる。

連呼

新宿の赤線地帯に、へんな女がいた。若くて小柄な女である。

どういうところがへんかといえば、クライマックスに達したとき叫ぶ言葉がへんなのだ。

「オ×××、オ××××」

と、連呼する。

伏字のところは容易に想像がつくことと思うが、共同便所の壁にしばしば見かけられる卑俗な名称を、連呼するのである。要するに、彼女の意とするところは、その名称の部分がはなはだしく快感を覚えているということらしい。

ある夜、旧友に久しぶりに会い、「悪所へでも出かけてみるか」ということになった。私は、旧友のC君に、「面白い女がいるから紹介しよう」とその店に誘った。あのようなコッケイで愛嬌のある女性に引合わせたら、C君もきっと喜ぶであろう、とおもったわけである。ただし、詳しいことは、C君には話さないでおいた。予備知識なしで、連呼の声を聞いた方が、面白味が増すとおもったからだ。

具合よく、その女が門口に立っていたので、C君と一しょに彼女の部屋に上った。さらに好都合なことには、彼女は私を見覚えていない様子だ。彼女の部屋で、もうひとり女を呼んでもらった。

そこでビールでも飲み、C君と彼女とを部屋に残して、私は新しくきた女と別の部屋へ引取ろうというのが、私の心づもりであった。したがって、新しく入ってきた女を私はアイカタときめて、そのような態度をとっていた。

ところが、この新しい方の女性が、なかなかの美人なのである。そして、C君は、その女の方が気に入ってしまった様子なのだ。私としては、それならそれでいいわけで、C君とその新しい方の女性と一組にして、部屋に引取らせた。ところが、私と二人きりになると例の彼女が怒りはじめた。

「あんた、あの人の方が好きだったんでしょう」

「べつに、そんなことはないよ」

「でも、態度に現れていたわ」

私は新しくきた方の女をアイカタときめていたので、おのずから態度にその気持が現れていたわけだ。C君もまた、新しい方の女が気に入って、それが態度に現れていた。それが、彼女の自尊心を傷つけた模様である。彼女は、ヒステリックに怒りつづける。寝巻に着替えているときも、布団に入るときにも、怒りつづけ、バリゾウゴンを投げつけてくる。私は面倒になって、彼女を押えつけた。その瞬間に、バリゾウゴンがぴたりと止んで、べつの言葉が出はじめた。

彼女だけ勝手に、どんどん坂を登ってゆき、登りつめたところで、

「オ×××、オ×××」

と、例の名称を連呼した。

その声が止まると、ごく僅かのあいだ静かになった。そして、すぐにまた、バリゾウゴ

ンが最前と全く同じ調子で彼女の口から出はじめた。

私は呆れてむしろオカしくなった。そして、彼女たちの快感の追求の仕方が、いかに自分勝手かということを、あらためて思い知らされたのである。

ところで、このとき私はアイカタをC君と取替えたのが、思いがけぬ幸運となった。なぜならば、C君はしばらく経ってうっとうしい病気になってしまったのである。

名医

病気といえば、私も二度ほどトリッペルになったことがある。もっとも、戦後の病気は比較的簡単に直ってしまうから、戦前のようにペニスを串刺しにされるような苦行は受けなくても済む。

しかし、やはり重大なところに異変が起って医家の門をたたくときの心持は、よいものではない。私が再三、再四診断を受けたS先生は名医であって、その点めぐまれている。なぜ名医かというと、S先生のところへ行って、

「先生、また、どうも様子がおかしいんですが」

と言うと、五十年配のS先生は、まるで自分が悪事でも働いたかのように、やや顔をあからめるのである。

「どんな具合ですか」

とか、

「どこで貰いましたか」

とか、S先生は控え目な調子で、質問し、だんだん伏目がちになって、一層顔をあからめる。すると、患者の方は、まるで自分が質問する立場に置かれているような錯覚を起し、勢よくどんどんと返事してしまう。このデリカシーが、すなわちS先生は名医也、と私に信じさせる所以《ゆえん》のものだ。

ところで、私はあのゴム製品というものを特別の場合の二回ほどを除いて、用いたことがない。総入歯で食事しても、おそらく食物の微妙な味わいは分るまいとおもうので、私はゴム製品を使わない。

「隔靴掻痒之感《かっかそうよう》」という言葉がある。靴の底から足の裏のかゆいところを掻く、つまり、中途ハンパで割り切れぬ心持ということだ。

この言葉を考えついた人物は、ゴム製品使用中に思いついたのではないかと愚考する次第である。ゴム製品を使わないなどというと、一見、大胆不敵のようだが、内心では病気を心配してビクビクしている。だから、あやしげな症状が現れると、あわててS先生のところへ駈けつける。

「先生、こんなぐあいになっちまいましたァ」

というと、S先生はやや顔をあからめて、

「どれどれ」

と、顕微鏡を覗きこむ。

「気のせいですな」

という診断が下ると、たちまち頭上に青空のひろがる心持である。私はこの「気のせい」というのを、二、三度やったことがある。

つまり戦後の娼婦は、案外、バイキンを持っていなかったということになる。たしかに、彼女たちをみていると、よく磨き立てられた機械をみるような気持になる。彼女たちは、商売道具である自分たちの軀には、なかなか心を配っていたのである。しかし「気のせい」では済まないこともある。連日注射に通い、とっくに症状は消えているのに、顕微鏡にはバイキンが現れてくることがある。

S先生は、顕微鏡から眼を離すと、

「このバイキンは、どこで貰いました」

と、さも感に耐えたような口ぶりで言われるのである。

あるいはまた、こういうこともあった。顕微鏡から眼を離したS先生は、こともなげな口ぶりで、「いや、心配ありませんよ、これは大腸キンです」

ところが、じつは私は内心ではなはだしく赤面していた。なぜなら、私はその数日前に、男娼を買っていたからである。

梯子段《はしごだん》

「特別の場合が、二度ほどある」

その特別の場合にゴム製品を使ったわけだが、それはどういう場合かということを次に書く。

酔っぱらって、行き当りばったりの娼家に上った。

二階に通されて、女を待っていると、やがて梯子段《はしごだん》で足音がひびいた。ところが、その足音がいつまで経っても、近づいてこない。ひびいてはいるのだが、なかなか梯子段を登り切らないのである。

ばたん、ばたん、と重たいダルそうな音が間歇的《かんけつてき》にひびいて、それがようやく近くなってきて、それからまた時間がかかって、女の姿が部屋の入口に現れた。

若い女なのだが、鉛いろの顔色である。肉がたるんだような肥り方で、いかにもダルそうに脚を引ずって歩いてくると、どたりと畳の上に座って、

「ふうっ」

と、肩で息をついた。

「ダルくて仕方ないわ、どうかしたのかしら」

と言う女の様子をみていると、女の体が大きな電気掃除機の袋のようにみえてきた。さんざんゴミやホコリを吸いこんだ袋を、機械から取りはずす。そして、その袋の口を、ゴミがとび出さないように、すこうし開いて、

「さあ、どうぞ」

と、私を誘っているような心持になってきた。これには、私も閉口して、ゴム製品を使ったのである。それならば、やめてしまえばいいではないか、という意見が出そうだが、ここでやめては礼儀にはずれる。

そこが、斯道《しどう》のきびしいところである。

この道にそむいて、後日、私は辛い目に会ったことがある。

そのときには、目撃者がいた。

新宿の青線地帯をひやかしていて、一軒の女の部屋に上った。

二階に上るところまで、目撃者のD君は見とどけたので、帰ろうとした瞬間、私が梯子

段をころがり落ちてきた。女がうしろから、塩をパッパッと撒きちらしたので、私の頭はあちこち霜が置いたようになった。

D君はうれしがって、私を嘲笑するのであるが、私が、

「なぜオレが、追い出されたか分るか？」

とたずねてみると、D君は首をかしげるばかりである。なにしろ、経過時間が早すぎる。二階へ上ったかとおもうと、次の瞬間に、梯子段をころがり落ちてきたのであるから。

しかし、この種明かしは、簡単なものだ。

その頃、私は体の調子がわるかった。衰弱しているとみえて、酔うと不能になる傾向があった。

二十代には、酔えば酔うほど、威勢がよくなったものだが「三十腰折れ」と称して、歎いていた時期のことだ。

さて、二階へ上って酔眼を見開いて、女の顔をみた瞬間、思い出した。鼻の脇に大きなホクロがある女なのだ。なにを思い出したかといえば、先日この女のところに上って苦心サンタンしたが不能だったことを思い出した。そこで、部屋の入口に立ち止まったまま、

「これは、今夜もまた、ダメであるかな」

と呟いたのである。

その声を聞いたとたん、彼女は憤然として色をなし、

「そんなら、帰ってよ」

と私を梯子段から、突落した。げに、斯道は厳しい。

嗄《しゃ》がれ声

特別の場合というのがもう一度あったが、このときは状況が一層わるかった。

E氏と大阪へ旅行したときのことである。二人とも義務感のようなものに捉えられて、タクシーに乗ると、運転手に相談をもちかけた。ところが、この運転手がじつに趣きのある人物であった。ひどく肥満した五十年配の男で、くび筋のあたりの皮膚が酒やけしたようにアカらんでいる。そして、返事の言葉が出てくる前に、まずシューシューと蒸気に似た音が口から出てくる。階段を走り上って息切れしたとき話をするようでもある。

「それじゃ、ご案内しましょう」

ようやく、その言葉が出てきたので、

「美人がいるかい」

とたずねると、また一しきり、シューシューと音がして、

「そ、そりゃあ、もう」

という返事である。

やがて、車を暗い路地の傍に停めて、運転手が車から降りて姿を消した。しばらくして、若い女を二人連れてきて、車に乗せ走り出した。

「Eさん、さきに選んでいいですよ」

E氏は先輩なのだから、仕方がない。女は二人ともシロウト風である。コール・ガールの一種とみえた。ところで、E氏の選んだ女はさいわい、私の気に入っていた女とは違っていた。

そこまではよかったのだが、旅館に入り、いよいよというときになって、私のアイカタの女に電話がかかってきて急用だという。最初から書かれていた筋書かどうかは、不明である。E氏の女は、そのまま朝までいたのだから。ところで、旅館の方では別の女を呼んでくれるという。

しばらく待たされて、別の女が現れた。こういうとき、私は気が弱いので、よくよくのことがないと断れない。その女を見たとき、「これは」とおもったのだが、断れなかった。前の女がシロウト風なのに引きかえて、一見して、外国人向けの娼婦の感じが濃厚なのである。だいいち、声がひどくカスれている。

ただ、すこぶる気のいいところのありそうな女なので、世間話をはじめた。ところが、

ときどき混る英語の発音が、本格的なのである。これはいけない、とおもい、

「君、サックをくれ」

というと、

「あら、持っていないわ」

「君、声がかすれているね、生れつきかな」

「生れつきじゃないわ、これで、よくなった方なの。ある朝、目が覚めたら、ぜんぜん声が出なくなっていたのよ」

天下の形勢は、ますます悲観的である。それならやめればいい、というわけにはいかないところが、斯道のきびしさである。そこで、ヤケクソになってやった。大いにハデにやったので、廊下をへだてた向いの部屋でトンコ節を合唱していた声が、しばしの間ぴたりと止んだほどである。

ヤケクソなので、何度もくり返した。が、翌日女が引き取ったあと、気になりはじめた。油性ペニシリンを買ってきて、自分で注射を打った。まだペニシリン・ショックがいわれないころのことである。私はアレルギー性なので、ショックの可能性が十分あったわけだ。見知らぬ大阪の宿で、ペニシリン・ショックでハカなくなったのでは浮ばれなかった。

花政

「濹東綺譚《ぼくとうきたん》」という映画があったが、その舞台は戦前の玉の井である。戦後にも玉の井という赤線地帯はあったが、場所がいくぶん移動して、新四ツ木橋の方に近よっていた。そして、その近くの寺島町界隈に新しい赤線地帯が発生した。これがつまり、有名な鳩の街である。

私は、鳩の街にも、かなり因縁があった。戦後、吉原についで足を踏み入れた土地が、この鳩の街である。ある経緯があって、この土地の「花政」という家の主人に紹介されて、時折遊びに行った。

この主人も、また細君もキップのいい人物で、私はしばしば居間に入りこみ、主人と酒を酌みかわしたものだ。この主人は、五十年配の目鼻立ちの整った立派な顔をしていた。若いころは、さんざんいろんなことをやったらしく、両手の指のあちこちが短かかった。それがすっかり悟ったみたいになっていて、「あっしは、裸になれば、からだじゅうマックロでさ。だから、いまは夏でもシャツは脱ぎません」

と言っていた。マックロというのは、全身、刺青があるという意味である。

この「花政」のおやじには、ずいぶん迷惑をかけた。金のやりくりがつかなくなって、ときどき借金することになる。そのカタにいろんなものを置いてゆく。おやじの方は、べつにカタなぞ要らないというのだが、こっちは面白半分、いろいろのものを置いてゆくのである。コウモリ傘を置いていったこともあった。そのうち、面白半分では済まなくなり先祖伝来とかいう短刀を持っていった。白鞘だが、「水心子正秀」という鑑定書のようなものが付いている。おやじの知り合いの刀剣屋に売ってもらおうというわけだ。きっと、借金を返して釣りがくるだろう、という心づもりである。

しばらく経って、出かけていった。釣りがきたらそれでこうしてああしてと、トラヌ狸ノ皮算用、というやつをきめこんでいた。すると、彼がなんともいえぬ甘酸っぱい顔つきで現れた。

「あれは、いけません」

と、彼は手を左右に振るのである。

「いけない？　ニセモノですか」

「いやあ、ニセモノというわけのものでもないようなんだが」

と、彼の言い方があいまいで苦しげである。

「売れば、どのくらいになるんですか」

私がせきこんで訊ねると、

「いや、その値段は聞かないほうが……」

といって、彼はタンスの引出しから、その短刀を取り出し、私の前に返してよこした。

私に、『原色の街』という作品があって、舞台を鳩の街に置いた。その作品に登場してくる楼主に、「花政」のおやじのイメージを借りてきてある。そういう意味でも、いろいろお世話になった。

彼は、界隈の少年を集めて野球チームをつくる仕事に熱心になっていた。その後、区会議員に当選したりした。

赤線廃止の直前に、訪ねていってみると、ポリエチレンの加工業に転業すると言っていたが、その後会っていない。いずれ一度、訪問して、その後の様子をたずねてみたいとおもっている、懐しい人物である。

雪見団子

二十六年頃のことだったろう。

寒い日、勤めからの帰り途、橋の上でばったりマンガ家のK君とS君に出会った。

「寒いねえ」

「一ぱいやるか」

近くの、何々の酒蔵といった大衆酒場に行って、コップ酒を飲んでいるうちに、独り者のK君S君が元気になってきた。

「こういうときには、どこかへ行きたいなあ」

という。「どこか」というのは、当時都内で十六か所あった赤線地帯のどこか、という意味である。

「金がぜんぜんないんだけど、いい考えはありませんか」

私は潰れかかった雑誌社の編集者だったし、K君、S君は売り出す前のマンガ家である。両方のフトコロを合わせても、金はぜんぜんない。いま飲んでいるコップ酒の勘定が、ようやくである。そのとき、私が「花政」のおやじを思い出した。

「そうだ、なんとかなるかもしれないから、行ってみよう」

と、隅田川を渡って、はるばると出かけた。さいわい、おやじさんはツケで泊ることを承知してくれた。

この頃は、私はすっかりおやじと顔馴染《かおなじみ》になっているので、その家に泊るのがなんとなくはばかられるような気持になっていた。

友人の本屋で、客として本を買って金を払うのが、なんとなく具合がわるいような気分と通じる気持である。もっとも、そういう気持は、反《かえ》っておやじとしては迷惑だったかもしれない。なぜなら、他の店に泊ることにした私は一文無しなので、おやじから現金を借りることになったからである。

K君、S君は「花政」に泊り、私は近くの家に泊った。夜半から、雪が降りはじめた。ところで、私のアイカタの女は、意地のわるい女で、朝になるとさっそく私を叩き起した。

「もう八時よ、はやく起きて帰ってちょうだい」という。「バカをいうな、こんなに早起きさせられたのは、はじめてだぞ」というと、「おかあさんに、叱られるのよ」といって私のフトンを剝ぎ取るのである。

三十分ほどぐずぐずしてみたがとうとう追い出されてしまった。雪の日である。雪がかなり積っている。

「花政」は表戸を閉めて、K君S君はやすらかに眠っている様子だ。勝手を知った裏木戸も、鍵がかかって開かない。責任上、一人だけ帰ってしまうわけにもいかない。

やむなく、鳩の街を裏へ抜けて、雪の中をスミダ公園まで歩いて、言問団子の店にたどりついた。

もしこのとき、この店が開いていなかったら、私は途方に暮れたろう。さいわい、店は開いていた。私はダンゴを一皿注文して、雪見をしながら、ダンゴを食べた。二時間ちかく、隅田川の雪景色を眺めていた。

景色などというものは、すぐに見倦きるもので、あとは忍耐である。「花政」の裏木戸が開くまでの忍耐である。雪の朝の寒さが身にしみてきた。ようやく、十時半になった。私は立ち上って、ふたたび雪の中を鳩の街へ歩き戻った。「花政」の裏木戸から庭へ入ると、K君S君はぬくぬくとドテラにくるまり居間で朝めしを食べていた。味噌汁の椀から、あたたかそうに湯気が立ちのぼっていた。

綺麗な小箱

先にちょっと触れたが、私の作品に『原色の街』というのがある。現在刊行されている長編とは、やや違った形の百枚ほどの長さのものだ。ところで、この作品を書きはじめたとき、私は娼婦と寝た経験がなかった。

ずうずうしいといえばいえるが、私は娼婦の風俗を書くつもりはなかったから、体験がないことにすこしも痛痒《つうよう》を感じなかった。ただ、あまり何も知らなくては、というので前記の「花政」に紹介してもらったわけである。その夜は、居間でおやじと酒を飲みながら夜更けまで話しこんでしまい、アイカタと部屋に引き取ったときには、酔っぱらってしまっていて何もしないで眠ってしまった。もっとも、酔っているためばかりではない。女に玉（ギョク）をつけて、そのまま何もしないで眠ってしまい、女の軀を休ませてやるのがイキなやり方だ、といった誤まった考え方があったものらしい。いや、依然として私のうちに残っている娼婦にたいする恐怖感とか不潔感のようなもののため、女の軀に触れたくない気持がどこかにある。またすでに私は結婚生活に入っていたので、鼻血の出るほど切実な要求はもっていない。そういう、女の軀に触れないことに、何かイキな意味づけをしようとしたこともあったろうとおもう。考えてみると、ずいぶんとイヤ味なものであった。

ところで、そのときの私のアイカタは、中高の顔の、いわゆる美人タイプの女であるが、それが全体に荒廃の気配がただよっている。美人タイプが荒れてくると、どうもいけない。軀もあちこち贅肉がついて、醜い感じである。手を出す気になれなかったのは、そのせいもある。ただ、この女は、すこぶる気立てがよかった。そして、その夜の観察の結果は、抜け目なく作品に使ってある。

たとえば、その女がいつも手もとから離さない千代紙貼りの小箱のことは、さっそく使わせてもらった。おやじの居間で、彼女を横にはべらせて酒を飲んでいるとき、その綺麗な小箱の蓋を開けて、彼女は口紅と手鏡を取り出して化粧を直した。

ところが、私と部屋に入ると、彼女はその同じ小箱の中から、チリ紙の束とゴム製品を取り出して枕もとに置いたのである。そして、そういう品物を取り出すときに、彼女の顔には少しも暗いカゲが射さない。口紅を取り出すときもゴム製品を取り出すときも同じ表情で、むしろいそいそした愉しげな顔つきである。

娼婦というものが、そういうとき、そういう顔つきをすることがある、ということは初心な私にとって一つの発見であった。

さて、翌朝、私が帰ろうとすると、彼女はさかんに申しわけながるのである。自分が私に、なにもサービスできなかったことで、気が咎《とが》めている風情である。そして、例の千代紙を貼った箱から、上質のチリ紙の束を取り出すと、きちんと四つに折りたたんで私のポケットに入れてくれた。

「せめてチリ紙でも持っていってちょうだい。このチリ紙、上等だからね」

と彼女は言うのである。私は、彼女の人柄のよさに、ほとんど感動しそうになった。

搾《しぼ》り殻《がら》

『原色の街』を書きはじめたころ、私は新宿を歩いていて、若い娼婦に部屋へ引っぱりこまれた。引っぱりこまれた、という言い方が似合わしいほど、威勢よく誘いこまれたのである。私は場馴れていなかったので、間がもてない。月並な質問をすることになった。

「きみ、ツライこともあるだろうな」

とたずねると、予想外の答が戻ってきた。

「この前、ツラかったわあ。一週間の稼ぎが何某子さんに追い越されてね、二番目になってしまったのよ。あたし、ほんとに口惜しかったわよ」

と言うのである。

「きみの愉しいことはなんだい」

「気に入った泊りの客を取ったときよ。これで、あすの朝までゆっくり騒いだり歌ったりレコードかけたりできるとおもうと、ほんとにウレしいわあ」

という答が戻ってくる。

つまり、意識がこの街の範囲だけにとどまっていて、その中で真剣に悲しんだり喜んだりしているのである。そして、私はこの娼婦に気に入られてしまい、

「今度あんたがくるときには、ご馳走してあげるわね。なにをご馳走してあげようかなあ」

と、そのご馳走のディテールをまじめに考えはじめられて、いささかたじろいだ。私には、うしろめたい場所に足を踏み入れている気持が残っていたので、その女のようにあけっぱなしに振舞われると、たじたじとしてしまったわけだ。

この例などは、この街に安住している女のタイプである。しかし、この街から脱け出したいと考えているタイプの女でも、ときに思いもかけぬ形で、その気持が現れていることがある。

その女の部屋の棚には、チューブのしぼり殻が三十個ほど積み上げてあった。皺がよって平べったくなっている小さなチューブの殻である。中身がなくなるまで使うと、小さく巻きこんだ形にチューブがなる。それをもう一度、平たく伸ばしてあるために、こまかい皺がたくさん付いているのである。そのチューブの中身はなにか、ということは、私にもすぐわかる。病気の予防のクリーム兼潤滑液として用いるものである。が、なぜ、そのしぼり殻を捨てないで、客の眼にふれるところに置いてあるのか理解できない。

「君、どうして、あれを捨てないで取ってあるんだ」

と質問してみると、彼女の答が、これまた意表をつくものだった。
「これは捨てるわけにはいかないのさ。一年半で二十万円貯金して、ここをやめるようにちゃんと予定が組んであるの。そのときにはね、チューブの殻がだいたい百八十本溜るはずなのさ。だから、空チューブの山が大きくなってゆくのを見るのが、あたしの愉しみなのよ」

売春院生涯研究居士

このように、私は娼婦の町をろくに知らないまま『原色の街』を書き上げた。書き上げてから、その中に出てくる女たちと実際の女たちのあいだにひどい相違がありはしまいか、ということがはじめて気になりはじめた。とくに主人公の女のような、手のこんだ屈折の仕方をする心をもった女がいるものだろうか、と気になりはじめた。これは裏付け調査をする必要があるな、と私はおもった。

こういうとき、私の勤めている会社に、飄然として現れた老人があった。これが、中村《なかむら》三郎《さぶろう》氏である。ペンネームを相良《さがら》武雄《たけお》（一字一字読むとアイラブユー）といって、知る人ぞ知る人物である。

三十三年五月の内外タイムス社会面に、この中村三郎氏の記事が出ている。

「赤線と運命をともにした売春居士」

という大きな活字の見出しで、見覚えのある写真が黒枠に囲まれて載っていた。本文の一部を左に引用してみる。

「売春院生涯研究居士、という墓碑を生前につくったほどの売春研究家中村三郎氏(六四)が十八日午前十時半、肺結核で死亡した。二十日の通夜と二十一日の葬儀には、生前、氏の世話になった赤線女性や赤線幹部も多数つめかけた。都内赤線業者のほとんどが廃業届を出したのと時を同じくして、ローソクの灯の消えるように逝った老風俗研究家にふさわしい葬儀であった」

大日本帝国の敗戦と同時に、命おとろえて死んでしまった老将軍の趣きである。私はその記事を読んでいろいろ感慨があった。知っていれば、当然、葬式に出かけたのだが、手おくれであった。

ところで、氏が私の勤めている会社に現れたのは、氏の知識を社の仕事に提供しようというのである。倒産しかかっている小出版社であった会社では、売れる本をつくるために氏の知識を使わせてもらうことにした。

そこで、中村さんは時折、その姿を見せることになった。氏はヨーカン色に変色した和服を着用していた。その風采は、倒産しかかっている小出版社によく似合っていた。社の金庫には、いつも金が入っていなくて、私たちは少しでも金が欲しかった。ある日、社員の一人が中村さんの顔をみているうち、ふと思いついて叫んだ。

「どうだ、あれを売りに行こう」

以前、社に代理部のあったときに扱っていた品物に、ゴム製品があった。それがいっぱい詰った箱が、戸棚の中に沢山積み重ねられて残っていた。

「突撃一番」という商品名によっても分るように、その品物は戦争中の製品だ。

「しかし、なにしろ古い品物だからな」

箱から取り出して、引張ったり息を吹きこんだりして調べてみると、幸いゴムは硬化していない。

「中村さん、ひとつ買手を紹介してください」

中村さんはうなずいて、社員の一人と連れ立って出かけていった。行先は吉原である。社員一同、期待しているうちに、二人は悄然として戻ってきた。中村さんが説明した。

「これは古い型でダメだというんです。これは先に小さな突起がついていないでしょう。これではダメだというのです」

この中村三郎氏が、私に一人の娼婦を引合わせてくれたのである。

赤線五人女

その中村三郎氏が「赤線五人女」という原稿を書いてきたことがある。あちらこちらの赤線地帯で選り抜きの才色兼備の女性を五人あげて、その一人一人に論評を加えたものだ。いわば、ミス赤線、といったものである。

中村さんにはクラシックな好みがあるものとみえて、これら五人の女性には「婦道の鑑《かがみ》」といった要素が強調されていた。と同時に、セックスの面においての採点も十分加味されるわけである。もっとも中村さん自身は、娼婦とのつき合いはセックスの面ではしていない、ということである。

おそらくはその方の能力を失った中村さんは、彼女たちに取り囲まれていろいろ話をしたり、彼女たちのことを文字に書いたりすることに、生甲斐を見出していたのだろう。したがって、その五人の女性に関してのセックスの採点は、女同士の噂などを手がかりにしたものとおもえた。

ところで、その五人のうちの二人が新宿にいて、中村さんが私を、

「どうです。新宿へ行って、彼女たち（こういうとき、中村さんは口をすぼめた嗄れ声で、カノジョと発音するのである）に会ってみませんか」

と誘った。

一人目の女性は丁度来客中で、もう一人の女性はさいわい店先に立っていた。

中村さんの話によれば、その女性は「白菊会」の会長で、教養も貫禄も十分、というのである。「白菊会」というのは、娼婦たちの労働組合、ということだが、経営者側の趣味によって作られた、娼婦たちの親睦会といったものだろう、と私は見当をつけていた。いずれにせよ、ナニナニ会会長などという女性は、弁舌の立つギスギスした女だろう、と私はまったく期待していなかった。

ところが、店先でそのM子という女に、中村さんが私を編集記者として紹介すると、彼女はにわかにはじらいをみせて、店の奥まで逃げていった。こういうはじらいは、べつに珍しいことではなく、とくに記者という職業の人間にたいしては逃げ腰になる気持はわかる。しかし、そのM子という女のはじらい方が、なんというか、色気もあり雅致《がち》もあり、といった具合なので私はオヤとおもった。

結局、中村さんのとりなしで、店の奥（当時は一階は広間に椅子など置いてあり、そこで女と交渉をすることになっていた）の椅子に座って、彼女に質問を試みることになった。そのとき、何を訊ねたか忘れてしまったが、「中村さんの審美眼もなかなかバカにならないな」とおもったことと、彼女の言葉づかいが丁寧で、それもわざと作った丁寧さではないとおもったことだけは覚えている。

その店を出ると、中村さんは、

「どうです、いい妓でしょう」

と自慢した。

「いいですね」

「いいでしょう、遊んできたらどうですか」

「しかし、でも……」

と口ごもっているうちに、私はもう一度、そのM子という女と会いたくなってきた。中村さんと別れると、いそいでその女の店に引返した。さっきは鹿爪らしく記者として質問し、三十分も経たぬうちにたちまち遊客として舞い戻ったのだから、どうも具合がわるい。しかし、具合のわるいことにこだわってはおれぬ心持になっていた。

壁と頭

「ちょっと、ちょっと、そのお眼鏡さん」
「あら、あなたどこかで見たことあるわよ」
「そちらのかた、お戻りになって」

M子たちは、店先に立って、ぞろぞろ歩いてゆく遊客におもいおもいの声をかけている。冒頭に並べた呼び声は、私の『驟雨《しゅうう》』という作品から抜き書きしたものだ。ところで、その作品の中の呼び声だけは、じつはわざと永井荷風の『濹東綺譚』の中から引用しておいたものである。

戦前と戦後とで、娼婦の街の風俗はいちじるしく変ったが、客を誘う呼び声だけは変らない、という見本にそうしてみたのである。

ところで、私はそういう呼び声の飛び交う街に引返してきて、M子のいる店に近づいた。M子は、呼び声は口から出していないものの、ときおり腕を伸ばし、指も一ぱいに伸ばして、通り過ぎてゆく客を誘う姿勢を示している。

その姿勢は、M子には似合わない。

私は痛ましいような心持でその様子をみたのであるから、すでにいくぶん情が移ってきたとおもってよい。

M子は私にもその姿勢を示したので、私は歩み寄っていった。かなり近くまで寄ったとき、ようやく彼女は私に気づき、

「あらっ」

といって店の奥へ逃げこんだ。

編集記者変じて遊客となることに、私もかなり具合わるくおもっていたが、こうなれば私も度胸をきめて、彼女のあとを追った。

「今度は、なにも質問しませんよ。ぼくは客ということで、やってきたのだから」

「あら、でも、なんだかヘンだわ」

「ヘンじゃありません。世の中はそういうものです」

なにがそういうものなのか、いっている私もよく分らなかったが、ここでためらってはいけない、とおもったのである。

客の私の方から促して、彼女の部屋に入った。

それからが、困った。値段の交渉をしなくてはならぬ。金をたくさん持っていれば、黙って適当に渡してしまえばよいわけだが、そうはいかない。百円二百円のちがいが大問題

というフトコロ具合である。

だいいち、M子嬢は特Aクラスと推察されるので、金が足りるかどうかも分らない。そこで、いろいろ言葉を捜していってみた。

「えーと、事務的な用件を先に片づけておくことにして、ぼくはいくらお金を払えばよいでしょうか」

この言葉で、かえって座の空気がほぐれた。ほぐれたことで、私は「おや、この女性はデリケートな感情の分るひとだな」とおもった。

という按配で、かなり紳士淑女的な雰囲気からはじまったが、客と遊女との関係に入ると、彼女の淑女ぶりは一変した。

そこで、ふたたび私は、中村三郎氏の鑑識眼を尊敬することになった。「昼は淑女のごとく、夜は娼婦のごとく」という、女の心得についていわれた言葉があるが、そのような按配になった。

「娼婦のごとく」と簡単にいうが、本ものの娼婦はなかなか「娼婦のごとく」にはならないものなのである。

気がついてみると、彼女の頭がぴったり壁にくっついていた。当然、私の頭も壁にくっついていた。

つまり、しだいしだいにズリ上っていったのである。

雨傘

私はM子に馴染むようになった。

馴染むといっても、金に不自由しているので、そうしばしば会うわけにはいかない。ただ、具合のよいことに、M子は金ばなれのよい馴染客を幾人かもっているために、鷹揚《おうよう》な商売を営めるのである。

そして、そのおうようさの恩恵に、私があずかったわけだ。

彼女に支払う金も、かなり安い額でよかったし、風呂代その他こまごまとした費用は、彼女が払ってくれた。

こういう状態を、専門語で「客色」（きゃくいろ）という。これで玉代《ぎょくだい》まで彼女に負担させると「間夫」（まぶ）ということになるが、そいつにはなりたくなかった。

それでも、私の貧窮が眼にみえて甚《はなは》だしいときには、彼女は朝めしの金を、私の掌に押しつけたこともあった。

ここらあたりの情況は、聞き苦しくないように書くのはなかなか難しい。

彼女の部屋に泊り、翌朝、雨になっていることがある。こういうときは、さして痛痒を感じない。彼女が傘をさしかけて、駅まで送ってきてくれるのだから。いや、雨が降らなくても、彼女はしばしば私と一しょに町に出て、そこらの喫茶店でトーストとコーヒーの朝飯を一しょにとり、勘定はしばしば彼女が払い、駅の改札口で別れたものだ。

ところが、その逆に、泊った夜が大雨で翌朝がからりと晴れわたった天候になると、いささか困る。乾いた街に、長靴をはいて雨傘を片手に出かけてゆくことになる。『驟雨』という作品の部分に使ったことだが、次のようなことがあった。

ある朝、例のごとく私は彼女といっしょに、娼家の裏口から出ようとしていた。格子戸を開けようとすると、その戸が外側から開いて、老人の顔が覗いた。

薄っぺらな印刷物を、何冊も重ね合わせて扇の形にひろげ、それを上下にあおぐようにしながら、

「来年の暦ですよ、買ってくださいな」

という。

私は不意を打たれて、あわててポケットの金を探って、買ってしまった。

表紙に「何某易断所本部」とか「家宝運勢暦」とかいう文字がみえる。私は、その種のものを信じる気持がないので、困ったものを手に持たされた心持になった。いそいで、まるめてポケットにねじ込んだ。

彼女と別れて、会社へ行くために都電に乗った。のろのろ走る電車の座席に腰をおろして揺られているうち、さっきの運勢暦が気にかかりはじめた。古風な運勢暦と、娼婦の町の女の運命とは、どこか似つかわしいものがあるためだろう。

手にもった暦の頁をパラパラとめくって、彼女の星を探した。彼女は、はやくこの商売をやめたい、と言っている。やめたならば、花屋か、共同浴場をやりたいと言っている。その彼女の星には「大盛運」と文字が添えてあった。そして、ヘタなサシエが付いていて、朝日に向って走ってゆくポンポン蒸気の絵が描いてあった。私は、そのような暦を信じていないにもかかわらず、ホッとした気持になった。

一方、私の星のところには、小衰運という文字とともに、故障した自動車の下に這いこんで修繕している男の絵が付いていた。そして、いつのまにか私はその頁にある「あなたは今年は本命年です。俗に八方ふさがりといいますが……」という説明を、熱心に読んでいた。

奇遇

M子と会ったばかりの頃、某カメラマン（といって、現在名を知られている人ではないが）が余技に雑文を書いて、私の勤めている編集部に持ってきた。読んでみて、おどろいた。二十枚ほどの長さのものだが、全文これM子を礼賛する文章に満ちている。主眼となっているのは、淑女と娼婦の二つの顔を彼女が持っている点である。その二つの面をことこまかに書いてある。要するに、こういう女がこの町にいるものであろうか⁉ と、カメラマン氏は驚嘆しているのである。

彼女の夜の面に関して、かなりエゲツナイ描写も出てくるのだが、べつに私は嫉妬心は覚えなかった。あるいは、M子のことを他の男がことこまかに知っていることについても、べつに嫌な気持にはならなかった。

「そうだそうだ。そのとおりだ」

と、むしろ奇遇におどろく気持ばかり強かった。M子に惚れてはいなかったし、独占欲もなかった。ただ、その文章の中で、「M子の馴染客というと、他の女はみんな一目おく」

というところがあって、その点が記憶に残った。ひそかに、「オレもそうなってやろう」とおもったらしい。こういう文章を読んだり、中村三郎氏のM子についての紹介記事を読んだりしたので、私はM子に何も質問しないでもいろいろのことが分ってしまった。もっとも、私は女に身の上のことを訊ねる趣味は、全く持っていないが。

ここで、M子の身の上について書いてみても仕方がないが、彼女のイメージの輪郭がいくぶんでもはっきりするような点を述べる。M子はかなり富裕な家庭に育って、女学校を出た。親の反対を押しきって、日劇ダンシングチームに入った。それから、お定まりの戦争。身の上の急変。結婚した相手が左傾して同志の女性と恋愛して家を出ていってしまった。一女あり。露店でセッケンを売ったこともある。

くり返すが、こういう話は、M子の口から聞いたものではない。すべて、中村三郎氏と某カメラマンの手記によるものだ。

私が彼女に興味をもって、馴染みを重ねるようになった第一の理由は、彼女が屈折した心理を解することを知ったためである。かなり複雑な精神の操作を行ない、かなり複雑な感受性をもった女性だということが、分ったためだ。私の作品『原色の街』の女主人公のようなタイプの娼婦は存在しないのではないかと考えていた。それが、彼女に会ってから、「やはり、あのような女はいるんだ」とおもった。自分の空想で作り出した人物と、甚だ似かよった女を、私は発見した気持になったわけだ。熱中するのも、ムリはない。

活字になったその作品を、私は彼女に読んでもらった。その反応に私は大きな関心を持った。

「なんだか、とってもユウウツになって、お店を休んで早く寝てしまったわ」

というのが彼女の読後感だった。私の心にこれ以上に快く媚びる感想はなかった。もしも、お世辞としていったとしたら、彼女はかなり高級な世辞の使い方を心得ていたといわなくてはならぬ。

らりるれろ

当時がM子の全盛で、その繁盛ぶりは圧倒的だった。あらかじめ、時間の予約をしておかなければ、とても会うことはできない。

使用人であるボーイを使いによこして、彼女をこの町の外のホテルに呼び出す金持の客もあった。

そんな具合だから、私が彼女の部屋に行っている間にも、しばしば電話がかかってくる。彼女の部屋は、二階からさらに梯子段を登った、一間だけ独立した特別室である。電話が

かかってくると、一階の梯子段の昇り口のところで、

「M子さーん、お電話ですよう」

と、ヤリテババアが声をかける。その声が、一番肝心な瞬間にぶつかることがある。そんなときは、M子は口を開いて、

「はーい」

と返事をしようとするのだが、のどがふさがっていて、声が出てこない。また、ヤリテババアの声が、

「電話ですよう」

ようやく、嗄れた声が、彼女の乾いた口から出てくる。

声の出てくる口は、私のすぐ眼の前にあるわけで、そういう情景はなかなか趣きのあるものだった。

そんな具合に馴染みを重ねていると、その店の女たちの私に対する態度が変ってきた。きっと、M子の人柄がよくて、それにいくぶん年嵩《としかさ》のこともあって、女の子たちから親しまれていたのであろう。

そのM子のところに、どうやら惚れて通っているらしい青年として、彼女たちは私を好意の眼でみてくれるようになった。

なかでも、背の高い、平凡な顔をした若い妓は、私がその店に歩みよってゆくと、眼ざ

とく見つけて、

「あら、いらっしゃい。さ、はやくお尻を撫でて頂戴」

というのである。私に尻を撫でられることが、はやく客の取れるオマジナイになる、と彼女はいうのだ。

M子と一しょに梯子段を上ってゆくと、その妓とすれ違うことがある。そういうときには、その妓はM子の耳もとに口を近づけて、なにごとかささやき、笑いながらポンと背中を叩く。すると、M子がうれしそうな恥ずかしそうな顔つきになる。そういう気配をみると、私は、「オレはモテているな」と、自信が湧いてきて、おもわずにやりとする。

鬼婆のように凶悪な人相のヤリテババアも、私のことを「ラリルレロさん」と呼んで、親しんでくれた。

当時は、私のひどく深酒していた時代で、けっして舌がもつれるわけではないが、酔っぱらってそのヤリテババアをからかったりしていたので、そういう名がついてしまった。その六十近い老女は、笑うと凶悪な人相が一変して、善良な顔つきになる。その変化をみるのが、私にはウレしかった。

とにかく、金があってモテているのではない。職業は、貧乏会社の編集者である。『原色の街』という作品は、活字になったばかりで、ほとんど反響はなかった。こういう状態でモテると、モテていることに疑い深い目を向ける必要がない。もっとも混り気のないモテ方といえるだろう。

　考えてみれば、その頃が、私の人生の花ではなかったろうか。

裏木戸

　M子との逢瀬が重なるうちに、無理に無理が重なり、金の算段がつかなくなってきた。すると、彼女は「ツケでいいわ」という。娼家のツケというのは、聞いたことがない。つまり、彼女が立て替えてくれるわけだ。それでは心苦しいので、私の身のまわりの品を彼女の部屋に置いてゆくことになる。

「花政」のときのようにコウモリ傘というわけにもいかないので、時計とかレインコートを置いてゆく。相手は、そんなものは必要ないというのを、強いて置いてゆくことは、「花政」の場合と同じである。

　この時期、私はM子のところばかり出かけてゆき、ほとんど他の娼婦に眼を移さなかった。もしも私が「千人斬り」を目指していたとすれば、一つところで停滞して数字が伸びなかったことになる。しかし、私には、数を誇る趣味は全くない。だいいち「千人斬り」の趣味をもった男なら、娼婦をその対象にしないだろう。娼婦の場合は「斬る」という感覚からは程遠いのだから。喫茶店へ入って、コーヒーを注文するのと同じ容易さなのだから。もっとも、その飲み方の作法に、優劣はつけられるが。

さて、この時期がすぎると、M子はM子として、他の女にも眼が移るという情況になってきた。つまり、私の心の中で、私はM子を女房のような位置に置いたことになる。

私はM子にたいして、ずいぶん勝手な振舞いをした。

彼女の店の斜め前の店に、良い妓をみつけて登楼しようとしたが、金が足らない。仕方なく、M子を裏木戸のところに呼び出して、不足分を借りたこともある。理由を話して、借りるのである。そういうとき、彼女はむしろ面白いたくらみに加担する顔つきになった。おそらく、それは、彼女は私に好感をもち、風変りな面白い馴染客としてつき合っていたためで、私に惚れてはいなかったためとおもえる。

また、私としても、彼女に集中はしていたが、惚れてはいなかった。惚れられるのは困るとおもい、要所要所は冷静に振舞っていた。要するに、私は客色（きゃくいろ）の立場から足は踏み出していなかった。間夫は、また別にいたのである。間夫もいたが、旦那もいた。この旦那は金持の中年男で、終始M子の面倒をみつづけている。彼女に惚れており、面倒をみることで自分とのツナガリを切らないようにしたいという多少の打算はあるだろうが、ともかく、でき難いことだ、と私は感心している。

ところで、半年ほど、M子がその町から姿を消したことがある。旦那は、いつも、彼女にこの町の外の職業を見つけてやろうと考えていたが、彼女が姿を消したのはそのためではない。間夫の方と、手をとってこの町から出ていってしまった。男は若い学生だったようだ。結末はすぐに想像がつくであろう。半年後に、彼女はこの町に舞い戻ってきた。

白檀《びゃくだん》の扇子

M子がいなくなっても、私は相変らずその町を歩きまわっていた。今度は、一箇所に足踏みしないで、あちらこちら行き当りばったりに登楼する。M子がいなくなったので、その店の他の妓のところへ上ってもよくなったわけだ。そうなると、目当ての妓がいた。平凡な、控え目な妓で、とりたてていうほどの魅力はない。

ただ、M子のところに通っているとき、私の小学校時代の級友が、その妓の部屋に入ってゆくうしろ姿を見たことがあった。

その級友は生まじめな男で、クラス会でときどき顔を合わせるが、いつも謹直な姿勢を崩さない。その男が、うしろめたい気持を背中に現して、その妓の部屋に入ってゆくうしろ姿を見たわけだ。

彼の方は、私に気づいていない。

奇遇である。

M子がいなくなってから、さっそくその妓のところへ上った。といって、私はその友人の名前をその妓に告げてくわしく彼の模様を問いただすほど、悪趣味ではない。ただその女のあちこちの部分に彼を想像しながら、くすぐったい気分になっているだけだ。そのくすぐったさは、娼婦の町での「奇遇」のもつくすぐったさのようにおもえる。

ところで、奇遇といえば、その町にいる女との「奇遇」もある。

ある夜、女のナマリが耳についた。私の郷里のナマリと同じなので、何気なく、

「君は、O県だね」

とたずねた。

「ええ、O市だわ」

O市といえば、私の生れた市である。私はO市O町に生れて、二歳のとき東京に移住してきた。

「それじゃ、O町を知っているね」

と言うと、彼女の顔いろが、ちょっと変った。

「あら、いやだわ、どうして?」

「どうして、といったって、ぼくの生れた町だ」

「ああら」

その気配で、彼女もO町生れと分った。O町といえば、とくに小さい町で、戸数が数十軒しかない。戦争末期まで、その町に祖父の家があった。戦災を受けて、戦後は他の町へ移転していた。

「君は、O町生れだな。O町のどこだ。ぼくはいまはあの町には縁がないから、心配しなくていいよ」

というと、彼女は安心したらしく、

「誰にも言わないで。市電の停留所があるでしょ。その前のガラス屋よ」

そういわれると、そのガラス屋の店構えまで、私の眼に浮んでくるのである。

彼女は、男の問題で親とケンカして、家出してきたという。なかなか美人で、当時流行の顔つきをしていた。つまり、エリザベス女王に似ているのである。

私は、そのエリザベス女王を連れて、昼間の街を散歩したりした。そして、ある日「なにか買ってあげようか」というと、彼女は「ええ、ビャクダンの扇子を買って」という。

当時、その扇子は四、五千円した。私は金がなくて困っているときだ。

ビャクダンの扇子のにおいを嗅ぐと、私はゼンソクが起るのだが、その遠因はそのときにあるのかもしれない。

洗滌器《せんじょうき》

奇遇といえば、私は一度だけふしぎな体験をしたことがある。

娼家のＷＣには洗滌器《せんじょうき》があって、病気と妊娠の予防の役目をしているわけだ。この洗滌器には、ゴム管がついていて、その先を金具で圧し潰す形になっている。その金具を二つの指で挟んでぐっと押すと、ゴム管から消毒液が流れ出してくるシカケである。

ところが、往々にしてこのゴムが古くなって硬化している。金具をゆるめても、ゴムは平べったい形のままで、消毒液が出てこない。こういうときには、指先でそのゴムをなんとか円筒形に戻して液体が出てくるように、苦心することになる。このコッケイなわびしさが、娼家に似合わしいものだ。

赤線の廃止された今、こういうヤクザなゴム管のことなど思い出すと、そぞろ懐旧《かいきゅう》の情が浮び上ってくる。この町のことは、にがい思い出も、懐しさにつながってくるのである。

先日も、N氏にそのゴム管の話をすると、N氏は、

「そうなんだよ。その洗滌をしたあとが、また冷たくてね。いや、女のが冷たくなってねえ。まわしを取って戻ってきた妓のなんぞ、ひやーっと冷たいんだなあ」

と、懐古的表情で、そう言っておられた。

そういう洗滌器があるのだから、娼婦たちは妊娠しない筈なのだが、それがなかなか、そうでない。

しかし妊娠しても、客にそれと分るようになるまでには処置してしまうのが通例である。したがって、妊娠した娼婦に出あうことは、まず、ないとおもってよい。

ところが、ある夜、いくぶん馴染みになった妓の部屋に上ると、その妓が元気がない。

「きょうは、ごめんなさいね。からだの調子がわるいのよ」

と言っているうちに、ゲーゲーと吐きはじめた。仕方がないので、背中をさすって介抱していると、その妓が、

「つわりなのよ」

と、言う。出鼻をくじかれて、そのまま女の部屋を出た。

しかし、そのまま帰るのも不本意である。ぶらぶら町を歩きまわって、また別の妓の部屋に上った。

ところが、おどろいたことに、その女も妊娠しているのである。それも、一目で分るほ

ど大きく膨れている。

「どうしたんだ、ひどいじゃないか」

ひどいじゃないか、という言葉は不適当かもしれないのだが、私もそのときの心境ではヒドイジャナイカと言いたくもなる。妊娠した娼婦のダブルヘッダーである。

「億劫なんでね、もう一日もう一日とおもっているうちに、こんなになっちゃったのよ。もう手おくれかもしれないわね」

と、彼女は言い、私はそのおなかを掌で撫でおろして、そのまま帰ってきてしまった。

「ま、からだを大切にして、元気でやってくれ」

と言って、そのまま帰ってきたのだから、粋な客ではないか。

その妓はその後どうしただろうか、と気にかかっていた。翌年の夏、暑い日だった。私が郊外の駅の近くの坂を上ってゆくと、向うから赤ん坊を背負った女が、あえぎあえぎ歩いてくる。額に汗の粒がいっぱい吹き出して、力のない黄色い顔で、私とすれちがったその女の顔が、そのときの妓と同じものだった。

温習会《おんしゅうかい》

M子が町から姿を消すちょっと前、私はM子に誘われた。

「今度の日曜日の昼間にね、M（下町にあるデパートの名）で、あたしたちの小唄の温習《おんしゅう》会《かい》があるのよ」

「ほほう、きみたちの仲間ばかりで？」

「お店のおとうさんや、薬屋のおじさんも出演するけどね、だいたいそうなのよ。それでね、あなたに招待券をあげるから、来てちょうだいね」

「ぼくは小唄というものは、さっぱり分らないんだ。えらく渋いものを習ったもんだな」

「あたしだって、よく分りはしないのよ。だけど暇つぶしに習ったのよ。ぜひ来てちょうだいね」

誘われたことは、わるい気持ではない。しかし、実際に行くかどうか、心を定めかねていた。

穂積《ほづみ》純《じゅん》太郎《たろう》氏に会ったとき、その話をノロケまじりにしてみると、穂積さんは熱心にこう言うのである。

「それは、今どき珍しい、いい話ですねえ。ぜひ行っておやりなさい。それは行かなくちゃいけない。唄を聞いたら、すぐ楽屋へ行ってね、よかったよ、とか言って肩のあたりを撫でてやるんですよ」

穂積さんが、頬のあたりをぽっと赤らめて熱心に主張されるので、私もその決心を固めた。

当日、Mデパートに出かけてゆくと、店の中は、日曜のことで混雑している。その人ごみを押しわけて、六階ホールの会場に近よってゆく。近よってゆきながら「いま自分が押し分けているのは健全な家庭の人たちが大部分で、あのホールの内側にいるのはアノ商売の人たちばかりなのだ」とおもうと、異様な気分になった。ホールの楽屋にいる筈の女がにわかに痛々しく思えて、胸がドキドキしはじめた。ホールへ入ると、舞台では中年の男性が熱演していた。プログラムと引合わせてみると、その町にある薬屋の主人である。「梅林堂」という薬局で、その名前をみると反射的に、梅毒と淋病を連想するところが妙である。おそらく、この薬局は現存しているから、怒られると困るが、その連想に悪意はない。むしろ、はなはだ趣きのある、ユーモラスな味わいのある連想なのだ。その証拠に、そのとき私の気持がほぐれて、いくぶん余裕が出てきた。しかし、彼女の出番が近づいてくると、また動悸がひどくなってきた。「惚れているのかな」と、私はおもった。

やがて、彼女が舞台に座って唄い出したが、私のシロウト耳にも、それは小唄よりも歌謡曲に近かった。

会が終って、私は「よかったよ」と言う筈だったのだが、どうもそらぞらしいことの言えぬ性癖である。

「どうもねえ、少女歌劇みたいだったなあ」と、いってしまった。もっとも「小唄の出来不出来なぞ問題ではない」というニュアンスは、十分にこめておいたつもりだった。しかし彼女はそのことが気になっていたとみえて、次に会ったときこういった。その言葉を聞いて、私は一層、彼女をいとしくおもったのである。

「この前、少女歌劇みたいといったでしょう。そんなはずはないとおもって、あとでテープにとっておいたのを聞いてみたの。よく分ったわ、もう小唄はやめたわ」

無　題

たしかに、私は吉原大学を何年もかかって卒業したので、いろいろの体験はある。しかし、自分一人で思い出して、ニヤリとする体験は、文章として発表しても、面白くない場合が多い。面白くないどころか、読者からみれば、腹が立つ場合も多くなる。たとえば、玉の井に玉ちゃんという美人がいた。戦後の玉の井は、戦前のような情緒はなく、女たちもガサガサした感じで、ときに暴力を振うことがある。つまり、女たちが腕力をふるって、ムリヤリ店の中に客を引ずりこむのである。この傾向は、熱海糸川にもあって、私の連れのF氏は、女たちに手取り足取り、部屋までかつぎこまれたことがある。また、G氏は女たちに店先で帯をほどかれ、宿屋のドテラを剝がされ、シャツとモモヒキ姿のままタタキの上に叩きつけられて、四つん這いになったこともある。いずれの場合も、私自身がふるえながら目撃したのだから、嘘ではない。

玉の井を歩いていると、客を誘う女のしわがれ声の内容が、凄絶《せいぜつ》である。

「あんた、ちょっと、二百円でいいわ」

というのから、

「タダでいいわ」

というのもある。その声を聞くと、「タダほどコワイものはない」という言葉を、なまなましく思い出すのである。

ところで、玉の井の玉ちゃんという女性は、そういう女たちの間にあって、淑《しと》やかで美しく、ハキダメに鶴の趣きがあった。その玉ちゃんに、私がモテた翌朝は、かならず、あそこの東武鉄道の駅まで送ってきてくれる。モテたそのモテかたが、どこか特殊な点でもあればまだ話になるのだが、ただやたらにモテたのだから、つまり、文章にできない話なのである。

どうですか、面白くないでしょう。他人がただ趣向もなくモテている話なぞ、面白い筈がない。しかし、こう書いている当人は、まんざら悪い気分ではない。そういえば、新宿二丁目の交番の近くにある店の妓にも、モテたことがあったなあ。その妓とも奇遇の一種であった。やはり、言葉のナマリから、静岡県の生れだろうと見当をつけた。私は、静岡高校の出身だから静岡はアルトハイデルベルヒである。郷愁をそそられる町なのである。

「静岡のどこ？」

とたずねると、

「静岡市よ」

「市のどこ？」

「高等学校のそばよ」

という返事で、これはこれはと思った。学校のグラウンドの裏手の家の娘だということが分った。女学校も静岡で、高校の生徒にはアコガレていた、という。高校の生徒にしても、町の女学生にはアコガレていた。そこで、私と彼女とは、新宿の裏町のきたない部屋で、数年前のアコガレを満し合ったわけでもある。このように、一種のオチがつけば、同じモテた話でもやや形ができてくる。こういう文章も、これはこれでなかなかに難しいものだ。

初見世

熱海糸川の話が出たが、この場所にも思い出はある。二十七年の末のころだったとおもう。この土地を歩いていると、眼鏡をかけた四十がらみの女将に、呼びこまれた。

「いい妓がいるのか。へんな妓はごめんこうむる」

と、この頃になると、私も応対に余裕が出てきた。

「それはもう、まかせといてください」

と、この店は女が店先に出ていないで、小部屋に案内された。

「初見世の妓を、世話してあげますよ」

女将（小さな店で、女将がヤリテを兼ねているらしい）は、私の耳にささやくと、姿を消した。かなり長い間待たされて、ようやく女将が若い女を部屋の中に押し込むようにして連れてきた。

その女を見て、私は当惑した。「初見世」というのも嘘ではない。地味な着物を着た色のまっ黒い女である。その皮膚の上にムリヤリ塗らされたらしい白粉が、斑《まだ》らにくっついている。

田舎から都会にあこがれて出てきた娘が、「求女給」あるいは「求女中」とかいう新聞広告に釣られてきてみると、じつは仕事の中身は売春と知らされる。

そういうケースにそっくり当てはまった女の様子で、それも、たった今、仕事の内容を知らされたという風情である。細おもての顔立ちで、目鼻立ちも尋常である。磨けば珠となるかもしれず、好事家なら得難いチャンスと喜びそうだ。じじつ「こういうとき、尻ごみしてはいけない」とケシかける声が、私の頭の隅でひびいている。

しかし、その女が、恐怖と恨みとあきらめの混り合った眼で、ちらりと私をみたとき、なんともいえぬ陰惨な心持になってきた。

私自身が、脂ぎったヒヒジジイになったような心持がしてきた。

私は、彼女を眺めながら、しばらくどうしようか迷っていた。彼女は、またちらりと眼を上げて、例の眼つきで私を見る。

「やめた。他の妓にしてくれ」

私は女将にその女を連れ去ってもらい、百円札を何枚か顔見世料として女将に渡すと、

「どうも陰気でいけないや」

「そうですか、ああいうのが、面白いんですよ」

と、女将は眼鏡の奥で、冷たい眼を光らせた。

「それは分っているんだが、どうもいけない。うんと陽気な妓を呼んでくれ」

またしばらく待たされると、今度はひどく陽気な女が現れた。若い洋装の女で、笑いで顔を崩し、ケラケラ笑い声を立てながら、いきなり私の膝の上に横座りになった。

「これがいい、この妓にきめた」

私は反射的にそう言い、女に導かれて彼女の部屋に行った。

「あたし、いま東京から着いたところよ」

「君も、いま着いたのか」

私は、さっきの陰気な娘を思い出して、そう言った。

「そうよ。つまらなくなったから、熱海へやってきたの、あたし画描きよ」

部屋の中を見まわすと、何一つとして荷物がない。たしかに、いま着いた型である。そして、部屋の隅に、絵具箱が一つ置いてあった。

静養

その「画描き」と自称する女に、私はたずねてみた。

「画でめしは食えないだろう」

「そうよ、だから、昨日までここに勤めていたの」

と、その女は、マッチを一箱出して、私に示した。銀座一流のキャバレーであるSのマッチである。

「Sならいい稼ぎになるだろう。なんで、こんなところへ来たんだ」

「つまんなくなっちゃったの。しばらく温泉にでも入って、静養しようとおもってね」

静養になるかどうかは疑問だが、この町ではどんな小さな娼家でも、風呂には温泉が引いてある。彼女の差し出したマッチは、ひどくケバ立っていて、昨日まで勤めていた店のマッチとは受取りにくい点もあった。

しかし彼女の話が全くのウソとは、私はおもわなかった。どこか、他の赤線地帯から移ってきたにしては、シロウトっぽいのだ。娼婦というよりは、お人好しの不良少女といった趣きである。その私の考えは、彼女と寝てみて、確信にちかくなった。私は、キャバレーの女の子と熱海にきて、浮気している気分になった。陽気に騒ぐ女と一しょに温泉に入り、帰り支度をしたときには、十分満足していた。玄関で靴をはくと、送ってきた彼女に見えるように、タバコの箱の中に五百円札をねじこみ、

「小づかいだよ」

といって、彼女の方へ投げた。彼女は巧みに宙で受け止めて、

「サンキュー」

と叫ぶと、家の中に姿を消した。

繰りかえして言うが、貧乏しているときの五百円札である。それによって、私の満足の度合が計れるというものだ。

キャバレーから娼家へ、あるいは芸者から娼婦へ、さらには娼婦から芸者へ、という例は、戦後では少しも珍しくない。それも本人の自由意思で、そうなる例が多いのである。

キャバレーに勤めていたが、客と寝るまでの手つづきが面倒くさい。YESであるようなYESでないような風情をつくって、かけひきするのが面倒くさい、というので娼家にきた女も、私は知っている。その妓は、小柄の美人で、キャバレーでも売れっ子だったようだ。娼家にきたが、そのうち退屈してきた。かけひきが全然ないのもこれまた味気ない、というのである。

「芸者にでもなってみようかなあ」

と、呟いていたが、そのうち本当に芸者になってしまった。Aという三流地の芸者になったのである。

また、こういう例もある。

三十一年頃の、新宿の町を歩いていると、店先に立っている女の一人が眼にとまった。美人である点ばかりでなく、立っている脚の形が（形といっても本来の形でなく、姿勢というのに近い感じだが）娼婦のものと違う。

「この町にきたばかりの女だな」

と、私は直感した。すぐに、その女に合図して、部屋に上った。

「君、ここへきたばかりだな」

「あら、よく分るわね。きょうきたばかりよ」

「前はどこにいた？」

「銀座のバーよ」

「どこのバーだ」

と私がたずねると、その女は急に驕慢《きょうまん》な表情になった。「名前を言っても、あんたなんかには分りはしないわ」という顔つきである。

目下営業中

「あのね……」

と、その女は、私に言い聞かすように、言う。

「その店はね、クラブ制になっていてね。スターとかえらい人ばかりくるところよ」

あんたなんかとは縁がないから、その店の名を言ってもムダだ、という口調である。当時、銀座でクラブ制で有名なお店といえば、Oである。なにもスターでなくてもえらくなくても、入って酒を飲むことはできた。私も数回行ったことがある。

「クラブ制といえば、Oかな」

というと、その女はハッとしたように、私をみて、

「どうして知っているの」

「ちょっとね」

と、私はその女の表情をみて、これは本ものかもしれない、とおもった。そういえば、Oで見かけた顔のような気もする。しかし、それは私の錯覚で、彼女は虚栄のためにそう

いったのかもしれない。肝心なことは、Oの女が新宿二丁目に移住してきたといっても、べつにフシギな気がしない、という点なのである。

そこで私はその女と寝る成り行きになったわけだが、彼女のいろいろな点から感じられるのは、たしかに「娼婦」ではなくて「女給」なのであった。

私は気に入って、二、三日経って、また出かけてみたが、すでに他の客が彼女の部屋に這入りこんでいた。彼女の二階の部屋は、裏の広い通りに面していて、向い側の歩道に立って望見すると、部屋の中の気配が分る。ガラス戸が少し開いているので、洋服を着た男と彼女とが向い合って、何か話をしている様子がみえる。

男が洋服を着ているのだから、そろそろ帰るのか、とおもって見ていると、どうやら今来たばかりの按配になってきた。そうなると、もう、窓のスキ間からは見えない。私は、先日ある女性から聞かされた挿話《そうわ》をぼんやり思い出していた。それは、ある映画館の便所でのことである。一人の女が便所の戸をドンドンと叩いているのだそうだ。その戸には「使用中」のサインが出ているのにもかかわらず、その女はドンドンと叩きつづける。よほど切迫している、とみえた。やがて、その戸が内側から開くと、なかからひどく肥満した中年婦人が現れて、戸を叩いていた女をドナリつけた。

「あんたっ、営業中、と出ているのが分らないんですかっ」

その挿話で、私は笑ったのだ。が、いまはたしかに「使用中」であり「営業中」なのである。と、二階の部屋のガラス戸を眺めながら、そうおもった。

そのように、何度行っても、使用営業中のことがつづき、彼女は大繁盛なのである。ようやく、一週間ほどして、彼女の部屋に上ることができた。

ところが、その部屋に一歩踏みこんで、私は「これは」とおもった。なぜなら、部屋のにおいが、この前と全くちがう。娼婦の部屋のにおいになっている。そして、彼女の身のこなしや、ちょっとした体の動かし方も、すっかり娼婦になってしまっている。(ここらは、専門家でないと分らぬ)

私は、おもわず身をすくめて、感慨に沈んでいると、女が私をツネって言った。

「あんた、ダメね。この前の元気がないじゃないのさ」

先陣あらそい

私は、新宿の町に、いろいろの友人を引っぱっていった。私は信念に満ちあふれていたので、どんな人物でもためらわずに引っぱっていった。修身のお手本になりそうな謹厳な人でも、引っぱっていった。童貞の某君も、幾度も引っぱっていったが、彼はとうとう童貞のまま結婚してしまった。

また、引っぱってゆかれることを、自分から志願する人物もいた。べつの童貞の某君のことだが、ある日彼に会うと、言いにくそうにモジモジしながら、「べつに、家の中に這入らなくてもいいんだよ。ただ、ちょっと、通り抜けるだけでいいんだ」

という。突然のことで何のことか分らない。彼はうつむいて顔をあからめているので、なにか異様な感じである。

「その町が、どこに在るか分らないんだよ。ちょっと通り抜けるだけだから、連れていってくれよ」

というので、ようやく分った。分ると、ひどくコッケイな気分になった。こわいもの見たさ、という感じを、彼は体全体で表現しているのである。

Y君の場合は、事情がまるで違う。彼は、戦前の玉の井時代の古強者であるが、戦後長いあいだ病臥《びょうが》しているうちに、勝手がわからなくなっていた。だから私が誘うと、よろこんで同行してきた。カリエスが治り切っていないので、ギプスをヨロイのように胴体にかぶせたままで、出歩くのである。Y君と一しょに歩いていると、薄暗い軒下に、美人を見つけた。楚々とした感じの美少女である。

「あ、これはいい」

と私が言うと同時に、Y君も、

「やっ、これはいい」

と言った。

Y君は、私が食指を動かすと、すぐに対抗意識をもやす癖がある。この場合にも、

「おれが先に見つけたんだぞ」

と、その女の肩を握って、離そうとしない。

こういうときには、私はY君に先を譲ることにしている。「長い間寝ていたんだから、ムリもない」とおうような気持で、先を譲るのである。もともと、私は順番にはこだわらないタチである。ところが、Y君はちょっとためらった。そのためらう気持は、私によく分る。この女のところに上るとすると、まずY君のしなくてはならぬことは、ヨロイのように胴体にかぶさっているギプスを脱ぐことである。ギプスにはヒモがたくさんついているので、手数がかかる、ようやくそのギプスを取り外すと、今度はそれを部屋の隅に置かなくてはならない。人間の胴体の形をしたギプスが、畳の上に直立することになる。

そういう光景を思い浮べると、彼はためらう気持が起るらしい。女が美人だけに、なおさら、ためらう気持が烈しくなっていることが、私に分る。彼はさんざん迷った末、

「おれは、明日くることにする。いいか、おまえはその後でなくてはダメだぞ」

と、念を押した。

私は約束を守って、翌々日の昼間、その女のところに出かけていった。

四十分の散歩

　Y君との約束を守ったのはよかったが、昼間行ったのが失敗だった。昼の光でみるその女は、別人のようだった。楚々とした美少女の面影はどこかへ行ってしまい、色のくろい田舎娘に変ってしまっていた。その上、わるいことに、いかにも意地の悪そうな顔つきなのである。

「や、これはしまった」

　とおもった。そのまま帰ってしまいたいとおもったが、昼間わざわざその女を呼んでもらって、案内されて部屋に入った後に発見したことなのである。いまさら、帰るわけにもいかない。およそ、気のない取扱いを受けて、私が不平顔で、

「まったく、商売不熱心な女だなあ」

　というと、彼女がこういった。そのいい草は前に書いたが、

「あんたも分りそうなものじゃないのさ。店先に立っているときの応対の具合や顔つきでサービスが良いか悪いかぐらい」

といったのは、この女なのである。

「それが、夜みたときには、よさそうに見えたんだ」

「それは、とんだ眼鏡ちがいね。お気の毒さま」

と平然としてその女は言い、私としてはハラワタの煮えるおもいである。

数日経って、Y君と会ったので、

「この前の女は、どうだった」

とたずねると、彼はあいまいな表情になって、探るように私を見た。

「いや、ぼくはヒドイ目に遭ってねえ」

と、ことの次第を述べると、彼はたちまち嬉しそうな顔になり、

「いやァ、あいつはいけない。ひどいもんだ。看護婦みたいなやつだ」

Y君は、陸軍二等兵で陸軍病院に入院し、下士官的存在の看護婦に、さんざんイジメられた記憶がある。そこで、女性からひどい取扱いを受けると、その女性がみんな看護婦に見えるらしい。

ところで、半年ぶりにM子がこの町に戻ってきた。私がそのことを知ったのは、彼女が戻ってきて二日目である。

もと、M子のいた店の前を通りかかると、そこに立っている女が、

「M子さんが帰ってきたの、知っている？」

と、私に声をかけた。

「どこにいる?」

するとその女は、M子のいる店を教えてくれた。

同じ店には、戻って来るのは具合がわるいので支店にいる、という。私はさっそく、その店に出かけていった。このときにも、偶然、Y君が同行していた。その店の前には、彼女は立っていなかったので、呼んでもらった。

しばらく待たされて、ようやく彼女が階段を降りてきた。軀を半分、ツイタテのうしろにかくして、ななめにのぞかせた顔と、ツイタテを摑んだ両手の指先だけが、私の眼に映った。ちらりとのぞいている片方の肩からは、あわてて羽織った寝巻がずり落ちそうになっていた。

彼女は、なつかしそうな、そしていくぶん恥ずかしそうな笑顔をみせて、いった。

「いま、お客さんが上っているの。四十分ほど散歩してきてちょうだいな。おねがい」

私はうなずいて、Y君と一しょに、その店の前を立ち去った。四十分、時間をつぶすつもりになっていた。

食べられる

四十分の時間を潰すために、私はY君と町を歩きまわった。一軒一軒、店先に立っている女を眺めながら、歩くのである。

一つの横丁の家に、きれいな女がいた。外国人の映画女優風にきれいに化粧して、エンゼンと笑っている。

この女を、Y君が気に入った。Y君のギプスはまだ取れていなかったが、この頃では、彼はそのギプスにあまりこだわらなくなっていた。

私は、彼を祝福して、その女の部屋に送りこんだ。いまごろは、Y君はあのギプスを脱し、人間の胴体の形をしたギプスを女の部屋の床の上に置き、彼女に説明しているところだろう、と想像しながら、M子のいる家にたどりついた。

丁度、M子の客が帰ったばかりのところだった。

彼女は、私と向い合うと「苦笑」という感じの笑いを浮べ、「帰ってきちゃったわ。きのう、この家にきたのよ」

と言うと、突然、呼吸をはずませて、

「きのう、あなたに会っていたら……、そうね、アタマから食べちまうところだったわ」

私は、その言葉を聞いて、いろいろ感慨をもった。まず第一に「この町から脱け出ようとするのは、なかなか大変なことなんだな」ということである。気持は、この町から遠ざかろうとおもっても、軀は逆に引よせられてくるわけだ。そして「アタマから食べちまいたい」ほど、おナカがすいてしまう。

その次に感じたことは「きのう、あなたに会っていたら」という点である。私が会ったのは、きのうではないのだから、きのうアタマから食べられちまった誰か、がいるわけだ。その誰かは、偶然とおりかかった誰かにちがいない。私は、その誰かに嫉妬はしないにしても、その幸運をうらやましくおもった。

M子は、この町に似合わしいタイプの女ではない。娼婦のなかには、この地域で生きてゆくことが、まるで魚が水の中で泳ぎまわっているようにみえるタイプの女たちもいる。彼女たちは、むしろ愉しそうに暮している。こういう場所で生きてゆくのに差障りになる神経をもともと持っていない女たちである。

そしてこのタイプの女たちは、この場所で生活してゆくヨゴレが皮膚に染みついてこない。M子は、こういうタイプの女たちとは、むしろ正反対のタイプに属している。そういうM子にして、斯《か》くの如き状況であるのだから、この町から脱け出ることは難しいことだな、と私はおもった。

さて、M子にシッポから食べられた私は、涼みかたがた部屋の窓から町の風景を見下ろしていた。この部屋は、町角にある店の二階なので、町の景色がよく分る。すると、向うの町角から、不意にY君の姿が現れた。ギプスを締めた上半身を前にかたむけて、両腕を左右に振りながら歩いてくる。OK牧場の決闘から戻ってきたような姿勢である。

私は懐しくなって、

「おーい」

と、窓から叫んだ。

さっき別れたばかりのY君なのだが、こういうときには、懐しい気持が起るものなのだ。仰向いたY君の顔にも、懐しそうな表情が浮んだ。

錐揉《きりも》み

そこでY君を、M子の部屋に呼び上げて、三人でしばらく歓談した。

「首尾はどうだった？　映画女優みたいな良い女だったな」

と私がいうと、彼は憮然とした顔になって、

「それが、しだいに化粧が剝げてくると、いけなくなってきた。こっちの具合もいけなくなってきたので、どうやらキリモミ戦法で役目を果してきたよ」

キリモミ戦法というのは、Y君発明の新戦術なのだそうである。

元気がおとろえてきたものを、タオルをしぼるように、ねじる。ぐるぐる何回もねじる。これ以上ねじれないところまでねじって、ぱっと手を離すと、ブーンと回転しながら元の形に戻る。

その回転を利用して、つまりキリを木材にもみこんで穴をあけるようにする方法だそうである。

真偽のほどは、私は知らない。

娼婦との関係には、セックスの力が大きな働きをするのは当然である。いかにも娼婦らしい体つきの女をみていると「ああいう女を心服させるのは、こっちが全身これ巨大なペニスに変化しなくてはダメだな」と、おもうことがしばしばある。

ところで、新宿花園町で、そういう女を見つけた。

あらゆる筋肉が、マシマロのようにやわらかい。

そして、どこにも骨がなくて、全身筋肉だけでできて上っているような感じなのである。

この町は青線地帯で、こういう美人にはかならずヒモが付いているとおもわなくてはならぬ。それも、これだけの逸品なのだから、スゴイひもが付いているはずだ。

私は「全身これ巨大なペニス」のようなヒモを思い浮べて、他流試合にのぞむように緊張した。

その女は、気のなさそうな態度で、軀を横にした。あとは、わざわざ説明する必要のない情況となり、しだいに上昇してゆくとその女が叫んだ。

私は、おもわずニヤリとした。「オレも、なかなかのものであるな」ホームランを打った選手がゆっくりベースを一巡しているような心境で、私はその妓に眼を向けた。ところが、その妓は起直って、不平満々の顔つきで私を睨んでいる。

「痛いじゃないのさ」

「ごめん、ごめん」

私は、余裕のある態度であった。

すこし勢がよすぎたのかな、と、おもっていたからだ。

しかしその妓の様子がおかしい。両方の掌で片方の耳をおさえている。もう一方の耳には大きな金色の輪の形をしたイヤリングが、ゆらゆら揺れていた。

「痛いじゃないのさ。夢中になって、耳飾りなんか引っぱって」

女は、憎しみをこめた眼で、私を睨みつづけている。

私が軀を抱き直したとき、私の腕が彼女の大きなイヤリングにくっついて、それを引っぱったものとみえる。

「耳がチギレそうだった」

と、その妓は、いつまでも怒っている。

鏡

耳飾りの話は『すれすれ』という作品の中に使った。この作品には、娼婦は一人も登場してこないのだが、形を変えて使ったのである。また『すれすれ』には、次のような場面も出てくる。まず、その部分を左に引用してみることにする。

沢吉（主人公の名前）が彼女の軀を抱いたとき、その軀に関して思いがけぬ発見をした。それは、まったく予想外の、新発見ともいうべきものであった。彼女の軀に、沢吉の軀が圧力を加える。すると、彼女の口から、短かい音が洩れて出る。これは、とりたてて言うほど珍しい現象ではない。ところが、彼の圧力の加え方の強弱に応じて、彼女の口から出る音の音程が異なるのである。彼の軀が彼女の軀に一の力の圧力を加えると、彼女の口から「ド」の音が出る。二の力の圧力にたいしては「レ」の音が彼女の口から出る。三の力にたいしては「ミ」の音。四には「ファ」五には「ソ」六には「ラ」といった按配である。やがて、沢吉はその圧力をたくみに操作して、彼女の口が発する短かい音に、音階をつけることに成功した。

「ポ　ポ　ポ　ハト　ポ　ッ　ポ」

単純で、なまめかしいメロディが、深夜の空気のなかでひびいた。それは、石原沢吉のための勝利の歌声のように、彼の耳のなかに流れこんできたのである。

沢吉の失敗つづきの対女性関係において、彼が自力でかちとった最初の勝利であった。沢吉はこれまでになく、満足感を味わった。相手の口から出る音響を、自分の思うままに操作できるということが、沢吉に相手を完全に自分の支配下に置いたという心持を起させた。

以上のような場面であるが、この材料を私は新宿で体験した。初めて会った娼婦の部屋に上ってゆくと、その女のベッドの上は、大小形状いろいろの鏡が、三つ四つ投げ出されているのである。その女は、まだ年若いのだが、丁度セックスの面白味を覚えはじめたところらしい。いろいろと、フランス風の前戯を積極的に試みてくれる。しかし、それは当方にたいするサービスというよりは、彼女自身の好奇心を満足させるためのものであることが、その態度からハッキリ分るのである。

やがて、本番になった。すると、彼女はそれらの鏡をさまざまに使い分けるのだ。詳しく具体的に説明するのは憚《はばか》られるが、一例をあげれば、ハンドバッグに入れる小さな矩形《くけい》の鏡は「連結部分」を映すのに使っていた。そして指で私の肩口をついて注意を喚起し、「その鏡をみて愉しみなさい」という風情を示した。

ところで、私はうんざりしてしまった。その種の好奇心は、持ったこともあるが、ずっと以前に卒業してしまった。それに、やはり男には、相手を征服している、という心持が必要らしい。

相手が自分勝手にたのしんで悦に入っているのでは、当方が道具になったような気分で、面白くない。

音階のある叫び声を出したのは、この女である。ハトポッポ、はもちろん誇張である。この女には、その後、私は二度と近づかなかった。

臙脂《えんじ》の眼鏡

この町に戻ってきたM子は、しばらくその店で働いていたが、また姿を消した。そして、半年ほど経って、もう一度戻ってきたときには、店の女としてではなく、別の役割を与えられていた。

その具合を、私の作品『娼婦の部屋』から引用してみる。

以前、M子がいた店の前を通り過ぎようとすると、その店にたった一人だけ残っている私の顔馴染の女が、声をかけた。

「M子さんが、また戻ってきているよ」

「どこに」

その女は、この店の支店の名をいった。

「そこの、オバさんになっているよ」

オバさんになったというのは、その店の責任者のような役割についたことを意味している。

「オバさんになっているよ」

私は女の言葉を、口の中で繰返しながら、その店に歩み寄った。店の傍の狭い路地に歩み入って、裏口に近づいた。

格子のはまった窓から内側を覗くと、背をかがめて算盤を弾いているM子の姿が見えた。臙脂《えんじ》色の縁の眼鏡をかけていた。

窓のガラスをたたくと、M子は振り返って私を認めた。眼鏡を外してから、笑顔を示し、私のために裏口を開けてくれた。

「また戻ってきちゃった」

と、M子は笑顔のままいった。

以上で、引用はやめるが、このようにして戻ってきたM子は、間もなく再びこの町から出てゆくことになった。

以前から彼女のパトロンになっている某氏が、本格的に面倒をみることになったのである。M子がこの町からいなくなることが定まったとき、私は彼女にたずねた。

「きみ、置土産に、この町で一番スケベエな女を教えておいてくれ」

彼女は、仕方のない人、といった表情で私を見て、それでも私の質問に答えてくれた。

しばらく経って、私はM子の教えてくれた店に行って、店先に立っている女にたずねた。

「えーと、何某子さん、というのは、この店にいる？」

「何某子なら、あたしだけど、あんた誰？」

「や、君がそうか。いや、ちょっと」

と、私はその女の姿を眺め、あいまいな笑いを浮べた。

「なにさ、あんた」

「いや、わかった」

と、私はその女の傍を離れた。わざわざその女の部屋に上ってみるだけの情熱はなくなっていた。

M子がいなくなった町には、あまり情熱が持てなくなっていた、ともいえる。また、M子がこの町を去るとともに、私もこの町を卒業してしまった、ともいえるのである。そして、間もなく、私は肺結核になって入院生活を送らなくてはならず、この町とは一年間ほど縁が切れることとなった。

入院中に、M子のことを書いた作品で、私は芥川賞を受けた。退院して、その町を歩いていると、中には私を見知っている女がいて、

「あんた、あたしたちのことを書いてくれた人でしょ」

と、懐しそうにいってくれた。

しかし私自身としては、ほとんどこの町に情熱を失っていた。惰性で、歩きまわっているだけだった。

そしてやがて赤線廃止の日が来たのである。

お人好しの女

いまさら、赤線廃止の是非善悪を論じてもはじまらないが、その影響はいろいろの形で現れてきている。

まず、売春はなくなるわけがなく、一層入り組んだややこしい形で行なわれるようになるだろう、という見通しは、そのとおりになってきた。

先日も、ある繁華街のデパートの前で、小ざっぱりした服装の三十歳くらいの女が、人待ち顔に立っていた。夕方である。すぐ傍にバスの停留所もあることだし、買物帰りの若奥さま、とみえないこともない。しかし、私の眼にはその女の素性はまる見えである。その女とは、ずいぶん以前からの因縁なのだ。

最初の出会いは、前に書いた「東京パレス」でのことだから、もう十年になるわけだ。そのとき、その女は、すこぶる美人にみえた。こういう場所に珍しい端正な顔だちである。私は早速、その女のところに泊ることにしたのだが、間もなく、見込み違いが二つあることに気づいた。その一は、笑うとその端正な顔がくしゃくしゃにシワだらけになり人の好さそうなネズミのような顔になるのである。そしてまた、その女はよく笑う。「イヒヒヒ」という笑い声をたてて、陽気に笑うのである。

その見込みちがいは、悪いものではない。人が好くて陽気な娼婦というのは、可愛気があってよい。ただ、第二の見込み違いには、落胆した。彼女の軀がすこぶる貧弱で、充実していないのである。そんな貧弱な軀の持主が、重労働に耐えてゆけるのは、底抜けにお人好しで「イヒヒ」と笑いながら暮しているためとも考えられる。そういう彼女に、私は興味と好意を持ったが、二度と彼女の部屋に上ろうとはおもわなかった。「東京パレス」へ行って、彼女と顔を合わせると、

「ま、元気でやってくれ」

「なにさ、上ってゆきなさいよ、イヒヒヒ」

というような会話を取りかわすだけである。

そのうち、彼女の姿はその場所から消えた。

数年経って、新宿二丁目の町を歩いていると、

「モダン日本、モダン日本」

と、呼ぶ声がした。ふしぎな気持がした。それは、以前私が編集していた雑誌の名であるが、私は自分の職業を彼女たちに話したことはない。立ち止まって、あたりを見まわすと「東京パレス」にいた例の妓が、笑いながら立っていた。

「君、どうして、その雑誌にぼくが関係があると知っているんだ」

「だって、あんた、あの本にあたしのことを書いたじゃないの。イヒヒと笑う女がいる、と書いたでしょう」

「なるほど、読んだのか」

「そんなことより、上ってよ」

「うーむ」

と、私は首をひねり、パチンコで取ったチョコレートを彼女に手渡すと、

「また、今度にするよ。ま、元気で暮してくれ」

「そうね、今度、気が向いたらね」

相変らず、彼女は人の好い笑い声を立てるのだった。

余《よ》滴《てき》

いろいろ不備な点はあるが、だいたい私が吉原大学に入学してから卒業までの話を書いた。私自身に関することは、思い切ってアケスケに書いてしまったが、それでも他の登場

人物にたいする顧慮《こりょ》から、筆を抑えた点もある。また、発禁をおそれて、書き尽せなかった点もある。

さて、これからは「娼婦と私・余滴《よてき》」といったものを、少し書いてみよう。この「余滴」という言葉はなかなか味わいがある。終ったあとでしばらく間を置いて、たらたらっと出てくるのが即ち「余滴」である。

M子がいなくなってから、私はその町に情熱を失い、惰性で歩きまわっていた、と前に書いた。そうなってから、私はその町で苦汁を飲まされることが多くなった。次に書くことも、その原因は単に金銭のためばかりではないような気がする。

ある日、私はM子のいた店の前を通っていて、懐しさに引かされて店の内に歩み込んだ。顔見知りのオバさんはまだ残っていて、

「もう、およろしいじゃありませんか。他の妓と遊んでいらっしゃいよ」

と言った。私がM子に義理立てして、その店に上らないという解釈である。そのやさしい言い方が気に入って、私は適当な妓を見立てて、その部屋に上った。ところが、玉代を定めるとき、悶着が起った。もともと、その店は玉代の高額な店なのだが、私のポケットの金を全部出しても、その妓は不平顔なのだ。全部出した、といっても大した額ではないが、それにしてもM子のときの玉代よりは多いのである。あらためて、M子が安い値段で私を部屋へ迎え入れてくれていたその心根が身に沁みたわけである。私はその妓に、

「それで安いわけはないぞ」

というと、彼女は帳場へ降りて、しばらく経って上ってくると、不承不承、帯に手をかけた。その様子をみて、私は嫌気がさして、

「それなら、やめようじゃないか」

その妓はホッとした表情で、

「すまないけど、そうしてよ」

と、金を戻してよこした。

もう一度は、もっとヒドかった。正月のことであるが、やはり、M子のいなくなったその店の前を通りかかると、一人の妓が私の腕を捉《とら》えた。

「千エンでいいわ、上っていって」

「ほんとに、千エンでいいのか」

私はこの前のことを思い出して、念を押した。

「ほんとに、それでいいわ」

部屋に入ってから、その妓が媚《こび》を示しながら、言うのである。

「もう五百円頂戴よ。お正月ですもの」

こういう手口の女は、気立ての悪い女である。要求された金を払っても、払わなくても、多くを期待できぬ。

「嫌だ。君、そういうやり方はよくないぜ」

「五百円ちょうだい」

「いやだ」

「そう、ふん、そんならいいわ」

その後の時間に、彼女は娼婦の軀と心の悪い面を露骨に私に示した。長い期間、私はこの町を歩きまわってきたわけだが、これほどヒドイ取扱いを受けたことがなかった。

私はそそくさと衣服をまとい、階段を降りていった。すると、階下のフロアで、その女が叫んでいる声が聞えた。フロアの椅子に腰を下ろしたり、戸口に立って客を誘っている朋輩に訴えている叫び声である。

「新年早々、最低だわ。たった千エンの客よ、最低の客だわよォ」

私は叫んでいる女の背後をすりぬけ、倉皇《そうこう》として脱れ出た。ところで、繰返して言うが、この二つの苦い目は、単に金銭のためにそういう目に遭ったのではない、と私はおもう。では、どうしてであるか？

その理由はといえば、やはりこの町にたいしての情熱を失ったため、とおもえる。そのことが、一つには私の姿勢に現れていて、敏感に女たちに伝わってゆくのにちがいない。もう一つは、情熱を失っているために女の選択が粗雑になる。やはり、合性の良し悪しというのはあるもので、女へ向ける一瞥に、あらゆる情熱と神経と祈りに似た気持まで籠《こ》めて、相手の心身の具合を見抜かなくてはならぬ。この気合に欠けるところができたため、私は合性のわるい女を捉《つか》まえて、ヒドイ目に遭ったわけだ。

金の問題でも、この町にたいしての愛着と情熱を態度に現して、誠心誠意ネギれば、その心持は相手に通じるものだ。

「もう百円マケてくれ」

「ダメよ」

などと押し問答しているうちに、心が通ってくるものである。心が通じ合ってくると、彼女たちは、やさしい涙ぐましい一面をみせてくる。

その娼婦の一面は、この町への愛着と情熱を抱いている男しか、窺《うかが》うことはできない。そして、それらのものを失ってしまった私は、

「最低の客だわよう」

という罵声を背に受けながら、オーバーの襟を立てて、こそこそと外の町へ逃げ出すほかはなかった。

本文中には、現在の人権意識に照らして不適切な表現がありますが、執筆当時の時代背景、および著者が他界していることなどに鑑み、原文のままとしました。

〈編集部〉

一九九一年一二月光文社文庫刊

中公文庫

不《ぶ》作《さ》法《ほう》のすすめ

2011年11月25日　初版発行
2018年 3 月25日　再版発行

著　者　吉行《よしゆき》淳《じゅん》之《の》介《すけ》

発行者　大橋 善光

発行所　中央公論新社
〒100-8152　東京都千代田区大手町1-7-1
電話　販売 03-5299-1730　編集 03-5299-1890
URL http://www.chuko.co.jp/

ＤＴＰ　平面惑星
印　刷　三晃印刷
製　本　小泉製本

Published by CHUOKORON-SHINSHA, INC.
Printed in Japan　ISBN978-4-12-205566-7 C1195

定価はカバーに表示してあります。落丁本・乱丁本はお手数ですが小社販売部宛お送り下さい。送料小社負担にてお取り替えいたします。

中公文庫既刊より

各書目の下段の数字はＩＳＢＮコードです。978－4－12が省略してあります。

う-3-7
生きて行く私
宇野千代
〝私は自分でも意識せずに、自分の生きたいと思うように生きて来た〟ひたむきに恋をし、ひたすらに前を見つめて歩んだ歳月を率直に綴った鮮烈な自伝。
201867-9

よ-17-9
酒中日記
吉行淳之介 編
吉行淳之介、北杜夫、開高健、安岡章太郎、瀬戸内晴美、遠藤周作、阿川弘之、結城昌治、近藤啓太郎、生島治郎、水上勉他――作家の酒席をのぞき見る。
204507-1

よ-17-10
また酒中日記
吉行淳之介 編
銀座や赤坂、六本木で飲む仲間との語らい酒、先輩たちと飲む昔を懐かしむ酒――文人たちの酒にまつわる出来事や思いを綴った酒気漂う珠玉のエッセイ集。
204600-9

よ-17-11
好色一代男
吉行淳之介 訳
生涯にたわむれし女三千七百四十二人、終には女護の島へと船出し行方知れずとなる稀代の遊蕩児世之介の物語が、最高の訳者を得て甦る。〈解説〉林望
204976-5

よ-17-12
贋食物誌《にせしょくもつし》
吉行淳之介
たべものを話の枕にして、豊富な人生経験を自在に語る、洒脱なエッセイ集。本文と絶妙なコントラストを描く山藤章二のイラスト一〇一点を併録する。
205405-9

よ-17-14
吉行淳之介娼婦小説集成
吉行淳之介
赤線地帯の疲労が心と身体に降り積もり、街から抜け出せなくなる繊細な神経の女たち。「赤線の娼婦」を描いた全十篇に自作に関するエッセイを加えた決定版。
205969-6

え-10-8
新装版 切支丹の里
遠藤周作
基督教禁止時代に棄教した宣教師や切支丹の心情に強く惹かれた著者が、その足跡を真摯に取材し考察した紀行作品集。〈文庫新装版刊行によせて〉三浦朱門
206307-5